A OBSESSÃO DO BILIONÁRIO

Sam

J. S. SCOTT

O Coração do Bilionário

ISBN-10:1-939962-78-1
ISBN-13 978-1-939962-78-2

Agradecimentos

Para todos os leitores maravilhosos que queriam saber o que Sam fez... vocês estão prestes a descobrir.

Para meus pais, pelo amor e pelo apoio. Obrigada por me deixarem ler seus livros quando os terminava, Mamãe. Por causa deles, meu vício em romances começou cedo.

Karma, como sempre, você me deixa maravilhada pela amizade e pelo apoio.

Muito obrigada a Cali MacKay, da "Covers By Cali", pelas capas incríveis.

E a meu marido, por apoiar os meus sonhos.

~J.S.~

Índice

Prólogo

15 de setembro de 1996

Ele se sentou ao meu lado de novo hoje. Tenho que supor que é apenas coincidência, não consigo imaginar por que ele desejaria se sentar ao meu lado nem por que me daria um daqueles sorrisos incríveis que parecem iluminar a sala meio escura da aula de literatura inglesa. Não sei se fico feliz ou não pelo fato de ele se sentar bem ao meu lado. Sinceramente, tive que olhar em volta para ver exatamente para quem ele estava sorrindo. Certamente, não era para mim. Não para Madeline Reynolds, a ruiva comum com óculos esquisitos e curvas cheias demais. Mas não havia ninguém mais na sala naquele momento, portanto, suponho que estivesse sorrindo para mim. Não sorri de volta. E tive muita dificuldade para me concentrar nos clássicos com ele sentado logo ao lado.

16 de setembro de 1996

O nome dele é Sam Hudson. Ele se apresentou hoje. O homem deixa a palma das minhas mãos suadas e a minha boca seca como o deserto no instante em que o vejo. Quando ele estendeu a mão e apresentou-se hoje, tive que limpar a mão na calça antes de gaguejar meu nome como uma idiota completa. Ele lançou aquele sorriso novamente e fiquei completamente retardada, incapaz de encontrar uma coisa inteligente para dizer. Por que ele tem que ser tão bonito... e alto? Tudo naquele homem é tão... tão demais. Talvez amanhã ele se sente perto de outra pessoa. Quase torço para que faça isso. Ele me deixa nervosa demais. Há algo estranho em um cara tão bonito prestando atenção em mim com tantas outras mulheres bonitas na mesma sala de aula.

17 de setembro de 1996
Sam me alcançou hoje, depois da aula, para me perguntar se eu queria estudar com ele. Está fazendo a mesma coisa que eu, trabalhando durante o dia e estudando o máximo possível à noite para conseguir um diploma. Não tenho dúvidas de que ele será bem-sucedido. Tem um olhar voraz, uma determinação em ter sucesso naqueles belos olhos cor de esmeralda. Eu disse a ele que queria ser médica. Não sei por que eu lhe disse isso. Conto isso a pouquíssimas pessoas, pois é ridículo que aquela pobre Maddie Reynolds, uma garota que pulou de um orfanato para outro, ache que consiga ser médica. Sam só sorriu, mas não foi um sorriso zombeteiro. Depois, ele me disse honestamente que achava que eu seria uma excelente médica. Como pode achar isso? Ele nem me conhece. Mas, pelo menos, não riu de mim.

14 de novembro de 1996
Estive tão ocupada que não consegui escrever por algum tempo. Estou fazendo todos os turnos extras que posso na clínica, além das aulas. Preciso ter dinheiro suficiente para pagar o próximo semestre. Sam me levou ao apartamento dele hoje à noite para estudar e pareceu envergonhado, pois mora em um lugar minúsculo em uma vizinhança não muito boa. Não sei por que deveria se sentir envergonhado. Ele trabalha tanto. O emprego na construção é um trabalho físico muito duro e sei que ele normalmente começa bem cedo pela manhã e trabalha

até a noite praticamente todos os dias. Está tentando guardar dinheiro suficiente para trazer a mãe e o irmão mais novo para Tampa. Sam fala muito sobre o futuro, provavelmente porque o passado não foi muito bom. Consigo entender isso. Eu mesma prefiro pensar sobre o futuro. Só conheço Sam há alguns meses, mas ele se transformou no melhor amigo que já tive, exceto por Crystal, que já se foi há muitos anos. Sinto-me um pouco tola por algum dia ter duvidado de Sam. Ele é uma pessoa muito boa, o melhor homem que conheci. E sempre me dá muito apoio em todos os meus objetivos. Só queria que ele parasse de me chamar de "doçura" e de puxar o elástico do meu cabelo, dizendo que é uma pena prender um cabelo tão bonito. Será que o cara é cego? O meu cabelo é uma tragédia!

12 de dezembro de 1996
Sam me disse uma coisa hoje que achei estranha. Disse que a amizade entre nós faz com que ele queira ser um homem melhor. Não sei o que quis dizer com isso e ele só deu de ombros quando perguntei. Será que ele consegue ser ainda melhor? Trabalha arduamente, tenta ajudar a família e está esforçando-se para ser melhor conseguindo um diploma. Será que ele acha que ser rico deixa um homem bom? Se acha, eu preferia que pensasse diferente. Sam Hudson está bem do jeito que é. Ele é perfeito. Só queria que ele não precisasse trabalhar tanto.

10 de janeiro de 1997
Sam e eu não temos nenhuma aula juntos neste semestre, mas raramente se passa um dia sem que eu fale com ele. Não sei se eu conseguiria aguentar ficar sem falar com ele ou ver aquele rosto bonito. Ele me faz rir quando estou cansada e rabugenta e sempre tenho um pote de pomada para dores musculares quando o corpo dele chega ao limite por trabalhar tantas horas. Ele tenta melhorar o meu humor enquanto tento aliviar a dor física dele. Acho que isso é amizade. Ele tirou a camiseta hoje para que eu passasse a pomada em suas costas. Sempre que faço isso, fica mais

difícil impedir que as minhas mãos fiquem trêmulas e sinto ódio de mim mesma por isso. Sam e eu somos amigos. Ele me apoia muito e passei a depender da amizade dele. Sou uma assistente de enfermagem, pelo amor de Deus. Deveria estar familiarizada com o corpo humano. Mas é... o corpo de Sam. A pele dele está sempre quente e os músculos, tensos. De vez em quando, ele solta um gemido profundo e masculino de alívio quando passo a pomada em suas costas doloridas. Quando faz isso, sinto a umidade entre as coxas e meus mamilos ficam duros. Começo a pensar em outras coisa além da dor que ele sente nas costas. Sei que não deveria, mas penso. Sei que a maioria das mulheres já fez "aquilo" na minha idade, mas eu não. Nunca tive vontade. Não até conhecer Sam. Mas ele é só um amigo e preciso relembrar isso a mim mesma todos os dias, mesmo quando meu coração e meu corpo querem muito mais.

14 de fevereiro de 1997
Hoje é dia dos namorados e aconteceu uma coisa. Algo extraordinário. Sam Hudson me deu uma rosa vermelha... e depois me beijou. Não foi o beijo normal no rosto que ele me dá como amigo. Foi um beijo real, quente, de língua, que deixou meu coração batendo forte e meu corpo pedindo mais. Nós dois ficamos sem fôlego com o beijo. Tenho certeza de que eu parecia tonta e confusa, pois foi assim que me senti. Sam parecia horrorizado. Ele xingou e começou a balbuciar sobre como não pretendera fazer aquilo e como eu merecia muito mais. Ele disse que eu devia ter recebido dúzias de rosas, não apenas uma. Eu disse a ele que uma rosa vermelha era muito melhor do que qualquer coisa que pudesse acontecer, pois viera dele. Eu chorei, não consegui me conter. Ele me beijou de novo... e de novo.

10 de abril de 1997
Sam e eu estamos juntos agora há dois meses e ele ainda não quer fazer "aquilo" comigo. Eu quero. Já disse isso a ele. Meu corpo responde a cada toque, a cada beijo dele. Eu o amo tanto

que chega a doer, mas não disse isso a Sam, pois ele também não disse nada e não sei se quer ouvir. Ele disse que eu ronrono como uma gata quando me toca, quando me beija. Infelizmente, acho que sim, mas é um tanto constrangedor. Não que eu tenha muita experiência, mas não acho que algum outro homem saiba beijar como Sam. Ele sabe que sou virgem. Eu lhe disse isso. Ele disse que, às vezes, tem medo de me tocar porque sou pura demais, boa demais. Se soubesse os sonhos que tenho com ele, não acharia que sou tão boa assim. Eu o amo tanto e quero que ele seja meu primeiro homem. Meu único homem. Quero dizer a ele que o amo, mas tenho medo. E se ele não sentir a mesma coisa?

12 de maio de 1997
Estou sozinha de novo, como sempre estive. Sam e eu íamos nos encontrar para tomar um café ontem à tarde e, quando cheguei perto da lanchonete, eles estavam lá, no beco. A mulher era linda. Alta, magra e bonita. Tudo o que eu nunca fui e nunca serei. As costas de Sam estavam contra o prédio de tijolos e a mulher estava sobre ele, as mãos em seus cabelos, beijando o meu Sam como se pertencesse a ela. Ele estava com as mãos no seio e na bunda dela, segurando o corpo de modelo contra o seu, esfregando-se nela. Fiquei congelada e parada lá como uma maldita estátua. Não sei por quanto tempo assisti, com o coração prestes a saltar do peito, incapaz de acreditar que era realmente o meu Sam beijando aquela mulher. Mas, ai, meu Deus, era sim. Quando fizeram uma pausa para respirar, os olhos dele imediatamente se encontraram com os meus. O olhar no rosto dele foi inconfundível. Culpa. Satisfação. Naquele momento, meu coração se partiu em um milhão de pedaços e Sam percebeu. Ele percebeu e nem ao menos tentou se explicar. Duvido que alguma coisa conseguirá consertar o meu coração. Tive que fugir e Sam me deixou ir sem dizer uma palavra. Como pude ser tão burra, tão ingênua? Será que achei mesmo que Sam Hudson fazia comigo alguma coisa que não fosse um jogo?

Ninguém nunca me quisera. Nem quando criança, nem quando adolescente. E nem quando adulta. Provavelmente, ninguém nunca vai me querer. Vou chorar mais um pouco e dormir. Vou tentar esquecer como foi ser querida por um tempo curto. Foi tudo uma grande mentira.

Capítulo 1

A Dra. Madeline Reynolds roeu a unha do polegar, com uma expressão de concentração total no rosto ao folhear as páginas do prontuário médico de um dos pacientes de cinco anos de idade da clínica. Eram sete horas da noite, muito além do horário de ir embora e tentar descansar um pouco, mas tinha alguma coisa naquele caso que a incomodava. Ela devia ter deixado passar alguma coisa, algo importante. Timmy estava cansado, inquieto, com vômitos ocasionais e diarreia. Tinha que ser alguma coisa além de uma virose. A pobre criança estava assim havia meses.

Suspirando, ela se reclinou na cadeira do escritório na clínica, fazendo uma careta ao roer demais a unha. Ela precisava consultar um pediatra, fazer mais alguns exames. Fazendo uma prece silenciosa para que a mãe de Timmy aparecesse com o filho na próxima consulta, Maddie fechou a pasta. O pobre garoto não tivera uma vida fácil e a mãe não era muito consistente.

— Olá, Madeline.

A voz em tom barítono soou na porta do escritório dela, fazendo com que saltasse e ficasse de pé, pronta para apertar o botão de alarme ao lado da mesa. A clínica ficava em um bairro pobre e a coitada da Kara quase levara um tiro enquanto fazia trabalho voluntário.

— Eu não quis assustar você.

Um arrepio gelado correu pela espinha de Maddie, mas não de medo. Ela reconheceu a voz. Estreitando os olhos, ela se concentrou no rosto e no corpo por trás daquela voz masculina suave como veludo. — Como você passou pela segurança de Simon? E que diabos está fazendo aqui?

A amiga, Kara, estava noiva do irmão de Sam, Simon. Infelizmente, durante o ano anterior, isso a forçara a ficar próxima do homem que lhe partira o coração tantos anos antes. Aqueles encontros foram breves e incrivelmente tensos. Por sorte, ela conseguira evitar qualquer comunicação significativa com ele... até aquele momento.

Sam Hudson deu de ombros e entrou na sala como se fosse dele. Mesmo vestido casualmente, com calça jeans e um suéter leve, o homem exalava poder e arrogância, carregados nos ombros largos como um manto elegante. — Eles são a minha segurança também, doçura. Eles trabalham para a Hudson. Achou que eles fariam qualquer coisa além de me deixar passar com um "boa noite" educado?

Idiota arrogante. O coração de Maddie acelerou e as mãos ficaram suadas. Simon e Sam eram bilionários, donos da Corporação Hudson. Portanto, também era a empresa de Sam, mas ela tentou ignorar aquele fato o máximo possível. Ela limpou as mãos no *jeans* sobre as coxas, desejando não ter tomado banho e trocado de roupa no vestiário da clínica antes de ir para o consultório. Talvez tivesse sido mais fácil enfrentar Sam com roupas profissionais e com os cabelos presos em um coque conservador. Tentando prender um cacho ruivo ardente atrás da orelha, ela enrijeceu o corpo na esperança de que parecesse mais alta. — O que você quer, Sam? Esse não é o tipo de bairro que você frequenta. E não acho que você precise dos serviços de uma prostituta. — A voz dela era dura e agressiva. Que merda. Por que não conseguia agir de forma neutra? Tantos anos tinham se passado desde o evento com Sam que arrasara com o coração dela. Ele era um estranho agora. Por que não conseguia tratá-lo como tal?

Aproximando-se, ele respondeu em tom sombrio: — Você se importaria, doçura? Faria alguma diferença para você se eu trepasse com todas as mulheres da cidade?

— Ah! Como se já não tivesse feito isso. E pare de me chamar por esse nome ridículo — respondeu Maddie sarcasticamente. Mas o coração estava acelerado e ela prendeu a respiração quando Sam se aproximou o suficiente para que sentisse o cheiro provocante de almíscar masculino, um aroma que fez com que ficasse ligeiramente tonta. O cheiro dele não mudara e continuava tão tentador quanto fora tantos anos antes.

— Por que ainda está aqui? A minha segurança me alertou de que você ainda estava aqui depois de escurecer. Deveria estar em casa. Esse bairro não é seguro nem durante o dia, imagine à noite — resmungou ele em tom suave.

— A segurança de Simon. — Por algum motivo, ela não conseguia associar os dois homens, apesar de serem irmãos. Simon era gentil e tinha um coração de ouro por trás do exterior rabugento. Sam era o próprio demônio, Satã disfarçado como modelo, com mais dinheiro e poder que qualquer homem tinha o direito de ter. Especialmente Samuel Hudson.

— E se algum bandido passasse pela segurança, encontrando você aqui, sozinha e vulnerável? — Ele se aproximou ainda mais, tão perto que ela sentiu o hálito quente acariciando-lhe a testa.

Meu Deus, ele era tão alto, tão largo e musculoso. Sam trabalhava em uma construção quando ela o conhecera anos antes. O trabalho físico lhe dera um corpo esculpido e perfeito. Estranhamente, isso não mudara nem um pouco. Como diabos um homem mantinha aquele corpo maravilhoso sentado atrás de uma mesa? Afastando-se da presença intimidadora, o traseiro dela bateu na mesa, deixando-a sem espaço para recuar mais.

— Um homem poderia tirar vantagem de uma mulher sozinha em um consultório vazio — continuou ele com a voz baixa e perigosa.

Maddie empurrou o peito de Sam, tentando se livrar da posição em que estava entre ele e a mesa. — Caia fora, Hudson, antes que eu seja forçada a enfiar suas bolas pela sua garganta.

A coxa musculosa se posicionou entre as dela, aniquilando a possibilidade de uma joelhada na virilha. — Eu ensinei isso a você, lembra? E nunca diga ao atacante qual é a sua intenção, Madeline.

Ela inclinou a cabeça para trás e olhou para ele. Os olhos verde-esmeralda a estudavam cuidadosamente. Como acontecera anos antes, o rosto lindo a deixou sem fôlego. Ele sempre a lembrara de um deus loiro antigo, tão perfeito que o corpo e as feições deveriam ser esculpidos em mármore. No entanto, naquele momento, ele podia ser tão duro quanto o mármore, mas estava longe de ser frio. O calor emanava do corpo de Sam em ondas e os olhos estavam ardentes, parecendo metal derretido. — Vá se foder, Hudson.

Os lábios de Sam se curvaram ligeiramente para cima, contraindo-se precariamente como se ele estivesse tentando não sorrir. As mãos dele voaram para as costas dela, puxando-lhe o corpo contra o seu quando sussurrou: — Prefiro foder você, doçura. Muito mais agradável. Você ainda é a mulher mais bonita que já conheci. Ainda mais linda do que era anos atrás.

Mentiroso. Ele é um maldito mentiroso. Se eu fosse tão desejável assim, ele não teria feito o que fez. — Esqueça isso e dê o fora do meu consultório. — O idiota estava brincando com ela e aquilo era intolerável. Ela não era linda e não era nem um pouco parecida com as modelos loiras que ele arrastava pelo braço e levava para a cama.

— Beije-me primeiro. Prove que não há nada mal resolvido entre nós dois — respondeu Sam. Os olhos verdes soltavam faíscas e a voz era dura e exigente.

— A única coisa que não ficou resolvida foi o fato de você nunca ter dito que lamentava pelo que fez. Você não deu a mínima. Você não...

Maddie não conseguiu terminar. A boca dura e quente de Sam derreteu as palavras amargas, sem pedir, apenas exigindo uma resposta. As mãos grandes e ágeis desceram pelas costas dela, agarrando-lhe as nádegas e colocando-a sentada sobre a mesa, fazendo com que fosse mais fácil devorar-lhe a boca.

Sam não beijava. Ele dominava, marcava. Maddie gemeu dentro da boca dele quando a língua entrou e saiu, entrou e saiu até deixá-la sem fôlego. Rendendo-se, ela passou os braços em volta do pescoço dele, as mãos agarraram os cachos sedosos, saboreando a maciez nas pontas dos dedos.

Envolvendo-lhe os quadris com as pernas, precisando de alguma forma encontrar uma âncora para impedi-la de se perder em uma onda imensa de desejo, ela deixou que a língua duelasse com a dele, sentindo a ereção contra o próprio núcleo em chamas. Os quadris dela investiram contra a ereção dele com cada investida da língua de Sam.

Ele gemeu, enfiando as mãos sob o suéter dela. Com a ponta dos dedos, acariciou-lhe a pele nua das costas, fazendo com que ela estremecesse de desejo.

Maddie estava afogando-se, perdida em um oceano de desejo e necessidade, lentamente sendo puxada para baixo por uma força maior que a vontade própria.

Preciso parar. Isso precisa terminar antes que eu me perca completamente.

Ela jogou a cabeça para trás, afastando a boca da de Sam, totalmente sem fôlego e abalada. Sam puxou a cabeça dela, encostando-a contra o peito ofegante.

— Merda. Maddie. Maddie — gaguejou ele, com uma mão enterrada nos cachos ruivos, acariciando-lhe os cabelos de forma reverente.

Ah, meu Deus. Não. Ela não podia ser sugada por Sam Hudson novamente. Ela empurrou com força o peito dele, contorcendo-se e abaixando as pernas até que os pés se encostaram no chão. — Saia de perto de mim.

A fúria se acumulou dentro dela. Como ele ousava usá-la, brincar com ela só porque estava entediado e era a única mulher disponível no prédio? Sam Hudson era um *playboy*, um homem que levava as mulheres para a cama e descartava-as, procurando outro brinquedo assim que estivesse livre. Raramente era visto com a mesma mulher duas vezes. Será que o homem tinha consciência? Não se importava com mais ninguém além de si mesmo?

Maddie queria enrolar o corpo em uma pequena bola para se proteger, envergonhada pela forma como respondera a Sam, apesar de ele ser um sacana completo. Que tipo de pessoa ela era?

Ela se afastou dele, virando-se para correr até a porta.

— Maddie. Espere. — A voz de Sam estava rouca, implorante e exigente.

Ele a agarrou pelo braço, virando-a para encará-lo antes que conseguisse chegar à porta. Maddie se virou para encará-lo, com a fúria e o medo lutando dentro de si. — Não toque em mim novamente. Nunca. Não sou mais a mulher burra e ingênua que você conheceu. Confiei em você uma vez e perdoei a mim mesma porque era jovem. Não farei isso de novo. Não tenho mais a desculpa da juventude para justificar tamanha burrice.

— Você ainda me quer — respondeu Sam veementemente, com os olhos percorrendo-lhe o corpo e parando no rosto.

Encarando-o diretamente nos olhos, ela respondeu furiosa: — Não, não quero. Meu corpo pode responder a um homem bonito, mas é apenas uma reação sexual fisiológica. Você — ela bateu com o dedo no peito dele — não significa absolutamente mais nada para mim.

— Você quer que eu a foda até que grite. Ainda consigo fazer você ronronar, gatinha — disse ele arrogantemente com um sorriso satisfeito no rosto.

Ela deu de ombros, tentando reprimir o desejo violento de arrancar com um tapa o olhar convencido do rosto bonito. — Eu não saberia. Você nunca me fodeu. E isso nunca acontecerá.

Arrancando o braço da mão dele, Maddie saiu pela porta do consultório, pegando o casaco do cabide na recepção, atravessando o saguão e saindo pela porta da frente da clínica. Ela não olhou para trás. Não podia fazer isso. Um dos seguranças da Hudson a escoltou até o carro e Maddie foi embora como se fosse uma criminosa fugindo da polícia. O que mais queria era se afastar o máximo possível de Sam.

Maddie dirigiu em transe, com duas palavras martelando no cérebro como um disco quebrado.

Nunca mais.

Nunca mais.

Sam Hudson andou lentamente pela recepção da clínica, perdido nos próprios pensamentos. O que diabos acabara de acontecer? Ele parara para ver se Maddie estava bem, preocupado por ainda estar na clínica tão tarde, uma parada rápida só para garantir que não havia problema algum, pois sabia que estava lá sozinha. Merda. Será que ele algum dia conseguiria ver aquela mulher sem querer possuí-la, sem querer fazer com que ela o quisesse com a mesma intensidade com que a queria?

Você nunca a esqueceu. Provavelmente nunca esquecerá. Ela o assombra há anos. Ela se entranhou em você como uma lasca de madeira sob a pele, ardendo e irritando, sem nunca sair.

Saindo da clínica, Sam fechou a porta atrás de si. Ele olhou para um dos seguranças e perguntou: — Você pode trancar tudo?

O homem assentiu. — Sim, senhor. Espero que seu encontro com a Dra. Reynolds tenha sido bom.

Sam soltou uma risada sem humor e autodepreciativa. — Sim, foi muito esclarecedor. — *Descobri que ela ainda me odeia, como sempre odiou.* Ele acenou rapidamente para os outros guardas ao partir em direção ao carro.

Sim. Aquele encontro fora realmente bom, pensou ele sombriamente ao entrar no Bugatti e ligar o motor.

Você nunca nem disse que sentia muito.

As palavras dela o atormentavam e, agora, provavelmente o torturariam para sempre. — Merda! — Sam bateu o punho no volante em frustração. Não. Ele nunca dissera que sentia muito. Por outro lado, ele não tivera a chance de dizer isso na época. Ainda assim, deveria ter dito, deveria ter encontrado uma forma de se desculpar. Não fora possível fazer isso depois do ocorrido e acabara de estragar a segunda chance alguns minutos antes.

O que havia em Maddie que fazia com que ele perdesse a razão?

Você está agindo como um idiota porque ela não liga mais para você e isso o está devorando por dentro. Talvez consiga ter o corpo dela se a seduzir... mas nunca o coração. Nunca mais.

Uma vez, anos antes, Maddie olhara para ele com um olhar cheio de admiração e adoração. Um pequeno incidente e ele arrancara aquela expressão dos olhos lindos dela para sempre.

Encostando a testa no volante, Sam fechou os olhos, ainda conseguindo imaginar a Maddie que o olhara com respeito e afeição, mesmo quando ele não tinha um centavo no bolso. Aquilo era irônico. Agora que ele era um dos homens mais ricos do mundo, ela o olhara como se fosse um inseto que precisasse ser esmagado, um rato que precisava ser exterminado.

Você a verá de novo. Ela será forçada a falar com você no casamento de Simon e Kara. O casamento seria realizado na casa dele e Maddie não teria escolha. Ele seria o padrinho e ela, a madrinha. Maddie teria que ser pelo menos civilizada e Sam sabia que ela seria. Era atenciosa e leal a qualquer pessoa que considerasse como amiga. Os próprios sentimentos seriam deixados de lado para garantir que Kara tivesse uma cerimônia de casamento alegre, sem problemas nem confusões.

E não importa como Maddie me trate, não importa como ela olhe para mim. Não serei um idiota com ela. Merda. Espero que ela não vá acompanhada. Não perguntei a Simon se ela estava envolvida com alguém.

Sam se recostou no banco com um suspiro pesado e engatou a marcha, imaginando se ainda seria possível não ser um idiota. A verdade era que os anos tinham feito com que mudasse, transformando-o em um homem de quem ele próprio não sabia se gostava. E se Maddie tivesse um homem em sua vida, era ainda mais provável que ele perdesse o controle.

Encontre uma mulher, alguém que tire Maddie da sua cabeça.

Afivelando o cinto ao sair da vaga do estacionamento, Sam respirou fundo e percorreu uma lista mental de mulheres disponíveis... até que sentiu um aroma provocante, um perfume que entranhara ferozmente no suéter. O perfume dela. Um lembrete do que acabara de acontecer no consultório.

— Puta que pariu! Não consigo fazer isso. Não vou conseguir sair com outra mulher. Não agora — sussurrou ele para si mesmo, furioso por tê-la beijado, sentido as curvas deliciosas contra o corpo. Agora, pensar em passar a noite na cama com qualquer outra mulher que não fosse Maddie o deixava frio. Sinceramente, ele se sentira frio desde o momento em que vira Madeline de novo um ano antes.

Sam freou na saída do estacionamento, olhando rapidamente para o relógio e sorrindo ao virar à esquerda, não à direita, indo na direção do apartamento de Simon.

Estava na hora.

Simon telefonara para ele mais cedo, informando a Sam que ele seria titio, e pedira um favor, o que era uma raridade extrema vinda dele. Não havia nada que Sam não fizesse pelo irmão mais novo. Ele não conseguira proteger Simon no passado e nunca mais deixaria que isso acontecesse. Não importava o que Simon precisasse, Sam estaria disposto a fazer.

Graças a Deus, Simon encontrara Kara. Sam adorava a noiva do irmão, queria beijar o chão que ela pisava simplesmente por amar o irmão dele incondicionalmente e fazer com que Simon fosse mais feliz do que ele jamais vira. E Simon merecia aquela felicidade, aquele tipo de devoção de uma mulher. Infelizmente, ver Simon e Kara juntos fazia com que Sam percebesse como a própria vida era vazia, como a existência dele se tornara desolada e superficial.

Como se eu não soubesse disso. Nada foi real desde que perdi Maddie.

Beijar Maddie e segurá-la nos braços depois de todos aqueles anos, tornara as coisas ainda piores. Era como se algo estivesse despertando, bem no fundo, uma sensação que era familiar, mas, ao mesmo tempo, não era. Certamente, não era uma coisa confortável.

Esqueça Maddie. Esqueça como é se perder na maciez de Maddie, o cheiro dela, a sensação das curvas sensuais e a boca deliciosamente ansiosa.

Sam praguejou, sabendo que dormiria sozinho naquela noite, usando a própria mão ao fantasiar sobre Maddie. E, dessa vez, as lembranças seriam muito mais vívidas, mais novas, mais reais do que nunca.

Caralho! Ele estava completamente fodido... e não do jeito como queria.

Maddie virou a página do livro que tinha no colo, perguntando-se por que simplesmente não desistia e ia dormir. Não estava mesmo absorvendo nenhuma das palavras escritas.

— Mas que merda — sussurrou ela, fechando o livro com força e jogando-o sobre a mesa ao lado do sofá. Sinceramente, não queria ir para a cama. Se fosse, continuaria lembrando-se do encontro com Sam, torturando-se com lembranças daquele beijo ardente mais cedo.

Pegando o controle remoto, ela apertou o botão para ligar a televisão, torcendo para conseguir apagar aqueles pensamentos com o noticiário das dez horas.

A campainha tocou no momento em que o âncora começou a recontar as principais histórias do dia.

Quem diabos poderia ser? Ela não tinha família e nenhum dos amigos bateria em sua porta àquela hora da noite, a não ser que fosse uma emergência. Ela se levantou rapidamente e correu até a porta com o coração acelerado. Olhando pelo olho mágico, viu um homem de uniforme, o uniforme da segurança da Hudson.

— Quem é e o que você quer? — gritou ela atrás da porta.

— Entrega especial do dia dos namorados para a Dra. Reynolds — gritou o homem de volta.

— Deixe aí e vá embora. — Ela não pretendia abrir a porta, mesmo que o homem parecesse ser da Hudson.

— Eu entendo, senhora. Vou deixar aqui em frente à porta. — Ele se inclinou para a frente brevemente, endireitou o corpo e foi embora.

Maddie abriu uma fresta da porta, deixando a corrente de segurança no lugar. Viu o homem entrar na caminhonete e ir embora. Ela tirou a corrente e abriu a porta completamente, arregalando os olhos.

Em frente à porta, estava o buquê de rosas vermelhas mais incrível que já vira. Havia várias dúzias de flores, flores demais para que conseguisse contar na condição atônita em que se encontrava.

Erguendo o vaso pesado, que parecia ser de cristal, ela segurou a porta aberta com o corpo e carregou as rosas até a mesa de jantar. Colocando-as no centro da superfície circular de carvalho, tirou o cartão que estava no centro do arranjo.

Ela se sentou, pois os joelhos trêmulos não aguentaram o peso das pernas. O cartão era pequeno, com a parte de fora do minúsculo envelope decorada com corações e um pequeno cupido no canto. A única coisa escrita na frente dele era o nome dela. Ela o abriu com dedos trêmulos, puxando o cartão para fora do envelope. Nele, em uma letra que ela ainda reconhecia, havia apenas duas palavras.

Sinto muito.

Não havia assinatura nem qualquer outra identificação.

Soltando o envelope e o cartão sobre a mesa, Maddie enterrou o rosto nas mãos e chorou.

Capítulo 2

Chega! Isso é uma besteira completa.

Sam Hudson enfiou o celular no bolso do terno cinza Armani e pisou no pedal do freio do Bugatti com tanta força que os pneus guincharam em protesto. Em seguida, reduziu a marcha e fez um retorno totalmente ilegal no meio de uma rua lateral de Tampa. Cerrando os dentes, pisou no acelerador e voou na direção oposta, afastando-se de sua mansão à beira do mar.

O que diabos ela está fazendo? Tentando se matar?

Honestamente, a Dra. Maddie Reynolds estava prestes a matá-lo. Estava novamente na clínica gratuita. Depois de escurecer. Em uma área perigosa de Tampa. Ela estivera lá todas as noites nas duas semanas anteriores e a segurança o alertava sempre que ia lá à noite. Por quatorze malditos dias, ele esperara em casa que a segurança o avisasse de que ela deixara a área em segurança e fora embora. Em todas as noites, fora depois das onze. Aquele era o décimo quinto dia e era meia-noite. E Maddie ainda não saíra da clínica.

Ela atendia pacientes de forma voluntária na clínica todas as noites depois de terminar o trabalho normal como médica em um hospital. Obviamente, ficava até tarde cuidando da papelada necessária e as avaliações de casos depois de fechar a clínica por volta de nove horas, às vezes às dez. Ela passava os dias de folga na clínica. O dia inteiro. E metade da merda da noite. Ela não conseguiria acompanhar aquele tipo de programação sem cair de exaustão.

Batendo a mão no volante frustrado, Sam estava determinado a descobrir que merda estava acontecendo. Maddie sempre trabalhara como louca, fazendo um milhão de horas de graça na clínica nos dias de folga, mas não dessa forma, não todas as noites. Ela tinha a segurança da Hudson porque o irmão dele, Simon, enviara os guardas para lá depois que a noiva, Kara, quase levara um tiro durante um assalto na clínica. Mas ainda não era seguro e o horário de Maddie era ridículo. Será que ela dormia em algum momento? Será que se alimentava decentemente?

Sam não vira Maddie desde o encontro na clínica quase um mês antes, um breve interlúdio que ele tinha dificuldade em esquecer. Bastava pensar naquele beijo ou sentir o perfume dela no suéter que vestia naquela noite — uma roupa que, por algum motivo estranho, ainda não colocara na pilha de roupas sujas — para que o pênis ficasse duro.

Que merda. Ela está me deixando louco.

Fazendo uma careta, ele fez uma curva fechada à direita e acelerou, com o coração batendo forte por causa da ideia de ver Maddie de novo e imaginando o que ela achara das flores que lhe enviara no dia dos namorados. Uma vez, muitos anos antes, ele só tivera dinheiro para comprar uma única rosa vermelha. Agora, ele finalmente dera as dúzias de rosas que ela merecia. Sim, era uma forma idiota de se desculpar pelo que acontecera havia tantos anos, mas ele nunca fora muito bom com desculpas. Era Sam Hudson, bilionário e um dos donos da Corporação Hudson. Ora, ele não pedia desculpas por nada desde... bem... desde sempre, exceto pelo que fizera quando estivera bêbado na festa de aniversário de Simon no ano anterior. Provavelmente pedira desculpas muitos anos antes, mas não desde que a mãe agarrara-lhe a orelha quando era pequeno e comportara-se mal. Ele se acostumara a não fazer nada do que pudesse se arrepender mais tarde, exceto pelo ocorrido com Maddie havia muitos anos e o mais recente com Kara. Mesmo agora, ele não se sentia totalmente arrependido do que fizera com Maddie, exceto pelo fato de tê-la magoado. Na verdade, o único pedido de desculpas fora para Kara e para o irmão pelo comportamento que tivera na festa de aniversário de Simon. Estivera bêbado e deprimido. O que não justificava o comportamento idiota. Por sorte, Simon e Kara o perdoaram, deixando o ocorrido no passado.

Eu magoei Maddie, a única pessoa que nunca quis magoar.

Mas magoara e, por isso, sentia muito.

Ela nunca me perdoará.

Sam cerrou os dentes ao virar à esquerda, aproximando-se da clínica que ficava em uma área mais pobre da cidade. Sim, sabia que Maddie estava perdida para ele, soubera disso desde o momento em que a alienara para sempre. A dor ainda lhe cortava o peito ao lembrar do olhar magoado no rosto de Maddie, da desolação nos belos olhos cor de amêndoa. Naquele dia, ele perdera a mulher que amava e, mesmo depois de tantos anos de sucesso, do dinheiro, do poder, a vida dele ainda era nublada, algumas vezes totalmente deprimente.

Ainda posso ser amigo dela, mesmo que ela me odeie. Devo isso a ela como amigo. Ela está se matando de tanto trabalho e preciso impedi-la.

— Merda — xingou Sam com voz baixa e furiosa. A quem estava tentando enganar? Ele não era do tipo altruísta. A verdade era que queria vê-la, queria protegê-la. O jantar de ensaio do casamento de Simon e Kara seria no dia seguinte e Maddie estaria lá, mas ele não aguentaria mais uma noite de preocupação. Acabaria com isso agora mesmo, antes que aquela mulher maluca ficasse doente por trabalhar tanto sem dormir o suficiente.

Ele não se deu ao trabalho de estacionar. Parou o carro esportivo caro no meio-fio e saiu, acenando para os dois guardas da Hudson em frente à clínica.

— Ela ainda está aqui? — perguntou ele a um dos guardas mais perto da porta.

— Sim, senhor. Ainda não foi embora. — O homem mais velho rapidamente pegou a chave para destrancar a porta.

Ela vai. Ela vai embora agora.

Sam empurrou a porta para abri-la, sentindo o estômago queimar por causa da irritação. Ao atravessar o saguão, ouviu o barulho da porta sendo trancada atrás de si. Ignorando-o, passou pela área de recepção e foi para os escritórios do fundo. Ele parou, respirando fundo antes de abrir a porta do escritório de Maddie, preparando-se para um confronto desagradável.

A respiração agitada dele terminou em um suspiro longo quando percebeu que não haveria uma guerra no futuro próximo. A adversária, usando um uniforme verde velho, com os cachos ardentes espalhados sobre a mesa e o braço direito dobrado apoiando a cabeça... estava profundamente adormecida.

Andando até a mesa, ele fez uma careta ao notar os círculos escuros sob os olhos dela. Ainda assim, a mulher parecia um anjo, com a pele com tom de marfim e a boca da cor de morangos maduros. Estudando o rosto dela, ele percebeu que nem estava usando maquiagem e que provavelmente tomara um banho depois de terminar o trabalho. Ele colocou a mão gentilmente em sua nuca e os cabelos úmidos confirmaram as suspeitas sobre o banho. Cedendo à tentação que procurara evitar, ele enterrou a mão nos cachos abundantes, deixando que os cabelos vermelhos escorressem pelos dedos.

— Merda — sussurrou ele suavemente, acariciando os cabelos de leve, aproveitando o momento ao sentir o perfume floral. Ele se abaixou, deixando o rosto no mesmo nível do dela. — Maddie — chamou ele baixinho, com a mão ainda acariciando-lhe os cabelos.

Ela levantou a mão esquerda, que estivera apoiada na coxa, e tentou espantá-lo, errando quando ele recuou para evitar o tapa. — Preciso descansar os olhos por um minuto. Só um minuto — resmungou ela, espremendo os lábios como se estivesse irritada.

Sam abriu um sorriso divertido ao passar a mão na cabeça dela. — Hora de dormir, doçura.

Maddie estendeu a mão novamente, desta vez batendo no braço dele em um tapa fraco. — Dormindo. Vá embora — resmungou ela sem abrir os olhos.

Minha nossa, ela está realmente apagada.

Encostando a mão na xícara de café, ele notou que mal estava morna. Ela não estava dormindo havia muito tempo, mas obviamente estava exausta, com tanta falta de sono que as funções cognitivas estavam incrivelmente lentas.

Sam tirou a agenda que estava sob o braço dela, olhando rapidamente para a página aberta. Hmm. Ela teria folga nos cinco dias seguintes. Não que isso fosse uma surpresa. Todas as atividades do casamento de Simon e Kara teriam início no dia seguinte, começando pelo ensaio e pelo jantar do ensaio.

Fechando a agenda, ele a colocou no bolso do casaco e puxou a cadeira para trás, com o belo traseiro de Maddie ainda sobre ela, o suficiente para que conseguisse passar um braço sob seus joelhos e o outro atrás das costas. — É hora de ir para a cama, Maddie — sussurrou ele com voz rouca.

— Cansada — resmungou ela irritada. — Vá embora.

Sam olhou para o rosto de Maddie ao se levantar com o corpo feminino pequeno nos braços. Ela nem mesmo abrira os olhos. Mas ainda estava rabugenta. Com a cabeça repousada no ombro dele, ela se remexeu, passando os braços instintivamente em volta de seu pescoço para que ficasse mais confortável. — Não pode me carregar. Sou gorda demais — reclamou ela.

O comentário de Maddie foi tão ridículo que Sam sorriu, passando os olhos sobre o corpo dela ao ajeitá-la contra o peito. Ela tinha um corpo perfeito para o pecado, um corpo que sempre fora a maior tentação que ele já vira. Sam gostava de mulheres com curvas e Maddie as tinha em abundância. Os seios enchiam as mãos de um homem e a pele parecia seda. O traseiro largo e arredondado era firme e ele ficou excitado só de fantasiar aquelas coxas em volta de sua cintura, com Maddie implorando que a penetrasse. Só a sensação da maciez dela fez com que o pênis ficasse duro contra o zíper das calças, ansioso para se enterrar nela, perder-se naquele corpo pequeno e curvilíneo.

Maddie nunca gostou do próprio corpo, mas é o meu ideal de mulher.

Ele sorriu ao pegar a bolsa dela, que estava no encosto da cadeira, e colocá-la sobre a barriga de Maddie. Em seguida, saiu do escritório para o corredor. Parando na porta trancada, ele esperou que a segurança a abrisse, colocando a boca perto do ouvido de Maddie.

— Você tem o corpo de uma deusa, doçura — disse ele em voz baixa e rouca, sabendo que ela não estava consciente, mas precisando dizê-lo mesmo assim.

— Gorda demais — respondeu ela com um suspiro suave.

— Perfeita — respondeu ele em tom divertido.

— Cabelos ruivos horríveis — sussurrou ela com os olhos ainda fechados.

— Lindos — retrucou ele.

— Você é louco — disse ela com um resmungo irritado.

— Provavelmente — admitiu ele, saindo pela porta quando o guarda a abriu. Ele andou até o Bugatti e parou do lado da porta do passageiro. O guarda entendeu a mensagem sutil e correu para abri-la.

Maddie soltou outro suspiro suave, com o hálito quente acariciando o pescoço de Sam, que reprimiu um gemido.

Soltando um suspiro de alívio, Sam colocou o corpo adormecido de Maddie no banco. Ele não podia ficar tão perto dela. O perfume dela e a proximidade de seu corpo o deixavam maluco. Ele afivelou o cinto de segurança e colocou a bolsa no colo dela antes de fechar a porta. Respirando fundo, ele deu a volta no carro, erguendo a mão em um gesto silencioso de agradecimento para o guarda. Em seguida, abriu a porta do motorista e entrou no veículo. Fechando a porta, ligou o motor e afivelou o próprio cinto de segurança, olhando para Maddie.

Merda! Ele odiava ver Maddie daquele jeito, obviamente exausta. Preferia mil vezes vê-la cuspindo fogo, com os olhos brilhando e a voz cheia de sarcasmo ou fúria. Vê-la tão cansada, tão perdida e tão vulnerável o deixava com o coração partido.

Afastando os olhos dela, ele engatou a marcha do Veyron, tomando uma decisão que certamente a deixaria enfurecida. Mas ele resolveu que não se importava. Sem dúvida, se não interferisse, ela voltaria ao

trabalho pela manhã, arrastando o corpo esgotado para fora da cama e até a clínica antes do ensaio e do jantar do dia seguinte.

Sem chance! E daí se ela me odiar por isso? Já sabe que sou um escroto. Não importa. O que importa é que ela esteja saudável.

Ele conectou o celular ao suporte do painel, pretendendo dar alguns telefonemas. Em seguida, fez um retorno e voltou na mesma direção em que estivera anteriormente.

Ele sorriu, lançando um olhar rápido a Maddie, e discou o primeiro número, transmitindo ordens pelo telefone, apesar de ser mais de uma hora da manhã. Por sorte, seu assistente pessoal era muito eficiente e respondeu imediatamente. Não era toda noite que Sam o telefonava àquela hora. Na verdade, Sam nunca telefonara para ele àquela hora e David entendeu imediatamente que as ordens eram importantes para o chefe.

Totalmente alheia, Maddie continuou dormindo, sem ter ciência de que estava prestes a tirar férias breves, querendo ou não.

Sam colocou Maddie sobre os lençóis ridiculamente caros de algodão egípcio e observou quando ela se aconchegou ao tecido macio, afofando o travesseiro sob a cabeça com um gemido satisfeito, um som profundo e erótico que o deixou sem fôlego.

Nunca houve um dia em que eu não tivesse ficado sem fôlego ao pensar nela. Não desde que a vi pela primeira vez.

Sim, ele a quisera desde então. O olhar dele pousara sobre aquela cabeleira ardente e brilhante, puxada para trás e caindo pelas costas. Ele sentira o início de uma ereção quando os olhos caíram sobre o belo rosto, com os óculos tão conservadores sobre o nariz e uma ligeira expressão de confusão nos lábios vermelhos. Ela parecera uma bibliotecária e, daquele dia em diante, ele ficava de pau duro sempre que a via.

O que será que aconteceu com os óculos dela?

Gentilmente, Sam ergueu uma das pálpebras de Maddie para ter certeza de que não usava lentes de contatos que precisavam ser retiradas, rindo quando ela resmungou irritada com a invasão. Satisfeito por ela provavelmente ter corrigido a visão com uma cirurgia a *laser*, ele afastou a mão do rosto dela e suspirou. Que merda... No passado, ele adorava tirar os óculos do rosto dela e beijá-la até que ficasse sem fôlego. Uma pequena parte dele sentia pesar pela perda, mas uma parte maior se sentia aliviada por ela conseguir enxergar e por ter conseguido se livrar dos óculos que odiava.

Ele tirou os tênis dela e jogou-os no chão, deixando que ela dormisse com o guarda-pó, que estava obviamente limpo e provavelmente era confortável.

Ele se despiu, observando-a dormir enquanto tirava a roupa até ficar apenas de cuecas. Em seguida, deu a volta na cama, deitou sob os lençóis no outro lado da cama e apagou o abajur, sentindo o corpo tenso. Era uma cama grande, mas não era grande o suficiente. Estava completamente maluco? Como diabos conseguiria dormir com Maddie em sua cama? Aquele momento era surreal, algo com o qual sonhara o tempo inteiro e sobre o qual fantasiara com frequência.

Vá dormir, idiota. Está cuidando dela. Se não ficar aqui, Maddie provavelmente fugirá antes que consiga pegá-la.

Nem pensar. Ela não iria para o trabalho no dia seguinte. Aquela insanidade precisava chegar ao fim.

Dando um soco no travesseiro, ele rolou de lado e ficou virado para Maddie. Minha nossa, ela era linda. Tudo nela era absolutamente perfeito. Incapaz de se conter, ele estendeu a mão, aproximando-a dela como se atraído por um ímã. Sam acariciou-lhe os cachos e correu a parte de trás da mão pelo rosto delicado. O quarto estava iluminado apenas pelo luar, mas claro o suficiente para ver as feições dela. Ao passar a mão pelo braço dela, Maddie se mexeu e as pálpebras estremeceram. Com o corpo movendo-se inquieto, ela se aproximou até que estivesse esfregando-se inteiramente em Sam. Ela passou os braços em volta do pescoço dele, aconchegando-se contra o corpo de Sam como se aquele fosse o seu lugar.

— E sim, é — sussurrou ele. — Ela nunca se sentiria tão bem se o seu lugar não fosse aqui, comigo.

— Sam? — murmurou ela com voz confusa.

Com o coração batendo forte, ele respondeu: — Sim?

— Eu odeio você. Por que está aqui? — Ela se aconchegou ainda mais contra ele, contradizendo as palavras ao se agarrar ao corpo ardente de Sam.

— Eu sei disso, doçura. Agora, durma — respondeu ele em tom grave.

Ele passou os braços em volta dela. Talvez ela o odiasse, mas precisava dele naquele momento. E ele estava determinado a cuidar dela.

Como eu deveria ter feito o tempo todo. Eu não sabia que ela nunca se casou. A não ser que tenha se casado, mas não mudou o nome. Mas que tipo de cara deixaria a esposa trabalhar da forma como ela trabalha? Achei que ela teria meia dúzia de filhos a essas alturas.

Sam achou que ela deveria pelo menos ter um homem em sua vida e estremeceu com a ideia.

Minha. O lugar dela é ao meu lado, merda.

Fechando os olhos, ele se deixou absorver o perfume e a sensação do corpo dela contra o seu.

Era pura agonia e puro êxtase.

Ele ficou deitado, ouvindo a respiração regular de Maddie, que indicava que ela finalmente se aquietara e estava profundamente adormecida.

Estranhamente, Sam também pegou no sono momentos depois, com o corpo relaxado e, pela primeira vez em anos, com a mente completamente satisfeita.

Capítulo 3

Maddie acordou na manhã seguinte confusa, com o coração batendo com tanta força que parecia estar com uma ressaca inacreditavelmente forte — exceto pelo fato de que raramente bebia mais do que uma taça e vinho.

O que diabos aconteceu? Onde estou?

Tirando os cabelos do rosto, ela piscou várias vezes ao abrir os olhos, com a mente ainda enevoada.

Ouvindo um resmungo masculino sob si, ela se apoiou para se sentar, sentindo sob os dedos uma pele quente e músculos rígidos ao encostar no peito enorme.

Mas que diabos?!

Maddie arregalou os olhos, ficando totalmente desperta em questão de segundos ao olhar para o corpo sob o seu. — Hudson — sibilou ela, notando que estivera deitada sobre ele, com a cabeça repousada em seu ombro. — Tire a mão da minha bunda.

Os olhos dele estavam bem abertos, lançando um olhar quente e intenso que quase a incinerou por dentro. O coração de Maddie bateu com força quando os olhos verdes ardentes de Sam a devoraram.

— Você me chamou de Sam na noite passada, doçura — disse ele em voz baixa e sensual. — E, se pretende espalhar esse corpo gostoso em cima do meu, é claro que vou agarrar essa bunda deliciosa. Não sou nenhum santo.

Maddie estremeceu quando ele colocou as mãos em suas nádegas, posicionando-a sobre a ereção intensa. *Noite passada? Noite passada?* O que exatamente acontecera na noite passada? Pensando furiosamente, Maddie tentou se lembrar se ela e Sam tinham... ficado íntimos. A última coisa de que se lembrava era colocar a cabeça sobre a mesa na clínica, pensando em descansar os olhos por um momento. E depois... nada. — Não me lembro da noite passada. Nós... — Ela parou abruptamente, incapaz de fazer aquela pergunta absurda a Sam Hudson.

— Se nós trepamos? — perguntou ele casualmente. Ao continuar, ele soltou um suspiro muito masculino: — Infelizmente... não, não trepamos. Mas, se isso tivesse acontecido, você se lembraria.

Graças a Deus!

Passando a perna sobre o corpo dele, ela se afastou rapidamente, movendo-se para o outro lado da cama. Ela afastou os cachos irritantes do rosto e lançou a ele um olhar furioso. Ainda estava usando o guarda-pó limpo que vestira depois de tomar banho na clínica. Ele, por outro lado, estava nu, pelo menos da cintura para cima. Ela tentou não notar o peito escultural, coberto por uma camada fina de pelos loiros, e a trilha provocante que descia pelo abdômen...

Merda!

Afastando os olhos dele, completamente desgostosa consigo mesma por babar sobre aquele corpo maravilhoso, ela perguntou abruptamente: — O que aconteceu? Por que estou aqui? — Ela supôs que aquela era a casa dele, pois estavam na mesma cama. Uma cama, foi obrigada a admitir, com lençóis incrivelmente agradáveis e em um quarto com móveis adoráveis.

Sam se sentou e Maddie prendeu a respiração quando o lençol escorregou e seu olho foi atraído para o abdômen dele. Foi então que percebeu a faixa elástica em volta da cintura dele, prova de que não estava completamente nu. Ela soltou a respiração, odiando-se por se sentir desapontada.

— Eu adoraria dizer que fui até a clínica e que você ficou tão cheia de tesão que implorou para que a trouxesse para a minha casa para fodê-la — respondeu Sam, com os olhos verdes percorrendo-lhe o rosto e o corpo. — Mas você não estava e eu não fiz isso. Fui ao seu escritório e encontrei-a dormindo sobre a mesa. Tentei acordá-la, mas você estava tão exausta que tive que carregá-la até aqui e colocá-la na cama.

Saindo de cima da cama, ela perguntou: — Por quê? Eu teria acordado depois de algum tempo. — Maddie colocou as mãos na cintura, furiosa por ele ter invadido a clínica. De novo.

Jogando os lençóis para o lado, ele se levantou, olhando-a com uma expressão perigosa. — Está de sacanagem comigo? Você estava completamente esgotada. O que diabos está tentando fazer, Maddie? Morrer de exaustão? Ninguém dorme daquele jeito a não ser que tenha bebido muito ou que não descanse há muito tempo. Isso é loucura — rosnou ele, atravessando o quarto para pegar um roupão de seda cinza que estava sobre uma cadeira.

Ela abriu a boca para lhe dar uma resposta ácida, mas fechou-a ao observá-lo andando pelo quarto. Puta merda, o homem tinha uma bunda tão bem definida que ela conseguia ver cada movimento, cada contração dos músculos enquanto ele atravessava o aposento. Era o tipo de bunda que uma mulher gostava de apertar. Sam era todo musculoso. Era quase perfeito, tão incrivelmente masculino que a deixou sem fôlego. Ele ainda tinha as cicatrizes leves nas costas, faixas de pele mais clara sobre as quais ela perguntara anos antes, mas nunca recebera uma resposta clara sobre a origem delas.

Ele vestiu o roupão e virou-se, dando a ela uma visão rápida da ereção matinal que estava bem delineada pela cueca apertada. Atraindo o olhar dela, ele deu um sorriso e ergueu a sobrancelha de forma maliciosa.

Não olhe para ele. É Sam Hudson. O maior sacana do mundo. Pode ter uma aparência incrível, mas o coração é preto como carvão.

Afastando os olhos daquele olhar esmeralda implicante, ela tentou se lembrar do que queria dizer. *Ah, é, lembrei.* — O que eu faço não é da sua conta. Você não tinha o direito de me tirar do consultório.

Ele fez um som indiferente. — Você não reclamou nem um pouco. Estava com os braços em volta do meu pescoço quando a carreguei até o carro.

Ah, merda. — Você me carregou?

Ele ergueu a mão em advertência. — Não comece. O seu corpo é perfeito. — O rosto dele ficou duro ao continuar. — O que você fica fazendo na clínica durante esse tempo todo? Já tem um emprego de horário integral. Não pode carregar as duas coisas ao mesmo tempo.

— Eu preciso. Aquelas pessoas precisam de mim — sussurrou ela. — Eles não têm mais ninguém a quem recorrer.

Maddie deixara a prática particular quase um ano antes para trabalhar em um hospital, esperando que pudesse passar mais tempo na clínica. Tinha mais dias livres para passar na clínica, mas era uma carga de trabalho maior e ela começava a sentir o estresse.

O rosto de Sam suavizou quando ele se aproximou dela. — Você não pode salvar o mundo, Maddie. É uma pessoa só. Isso não trará Crystal de volta.

Maddie se encolheu ligeiramente, com a menção da melhor amiga de infância ainda causando-lhe dor. Crystal morrera aos dez anos devido a uma meningite bacteriana por não ter recebido tratamento a tempo, já que os pais pobres não tinham nenhum seguro-saúde. *Eu devo ter contado isso a Sam anos atrás e ele ainda se lembra disso.* Era um dos motivos pelos quais ela quisera ser médica e ainda era sua principal motivação para manter a clínica aberta.

Ela olhou para ele, recostando-se na cabeceira enorme. — Não acha que eu sei disso? Houve um garoto de cinco anos que quase não consegui diagnosticar a tempo. Ele estava cronicamente doente, cansado, fatigado. Demorou algum tempo para fazer os exames porque não vou à clínica todos os dias. Ele tinha diabetes tipo 1. Podia ter morrido. — Ela abaixou a cabeça, olhando para o carpete e pensando no que poderia ter acontecido se não tivesse finalmente encontrado um diagnóstico correto. — Preciso passar o máximo possível de tempo lá. — O caso de Timmy a deixara assustada, fazendo com que trabalhasse ainda mais. E se houvesse outro caso lá fora que não conseguisse atender a tempo?

Sam se inclinou sobre ela, pressionando o corpo enorme e poderoso contra o dela. Segurando-lhe o queixo, ele levantou seu rosto. O olhar de Maddie encontrou o dele, penetrante e intenso. — Ele não morreu porque você estava lá. Mas você não ajuda os pobres ficando exausta deste jeito. Há um limite para o que consegue fazer.

— Eu preciso...

— Você precisa descansar. Precisa ser capaz de funcionar completamente para oferecer os melhores cuidados — interrompeu ele em tom firme. — Eu conheço você, Maddie. Era uma lutadora mesmo quando éramos jovens. Não pode salvar o mundo. Precisa ajudar uma pessoa de cada vez e torcer para fazer a diferença. — Ele passou os braços em volta dela, pressionando-lhe a cabeça contra o peito ao acariciar seus cabelos. — Eu sempre soube que você seria uma médica fenomenal, mas, se deixar, isso devorará a sua alma. Você carrega a responsabilidade do mundo sobre os ombros. Sempre fez isso.

Maddie suspirou, dando a si mesma um momento para relaxar contra o corpo forte que a segurava e que fazia com que se sentisse segura. Ela esqueceu por um breve instante que odiava Sam Hudson.

— Não sei o que fazer — admitiu ela. E era verdade. Estava muito dividida entre a necessidade de sobreviver, de pagar as contas todos os meses, e o desespero em ajudar as pessoas que realmente precisavam de cuidados médicos, mas não tinham dinheiro.

— Tenho uma proposta para lhe fazer — respondeu Sam, movendo a mão devagar pelas costas dela.

— Que proposta? — Empurrando o peito dele, ela o encarou com curiosidade.

— Podemos conversar sobre isso durante o café da manhã. Estou morrendo de fome — comentou ele casualmente.

— Não. Preciso tomar um banho e voltar para a clínica. Merda! Não tenho nenhuma roupa aqui. Vou ter que usar o mesmo guarda-pó e...

— Você encontrará tudo de que precisa no banheiro principal. Pedi ao meu assistente que trouxesse algumas coisas para você. — Ele se afastou e apontou para uma porta no outro lado do quarto. — Usarei o outro banheiro e encontrarei você na cozinha.

— Eu disse que preciso ir embora. Tenho compromissos hoje — respondeu ela teimosamente, cruzando o quarto em direção ao banheiro.

— Na verdade, não, não tem — retrucou ele ao tirar algumas roupas do armário.

— Tenho a agenda cheia até o ensaio do casamento — informou ela em tom indignado. Será que ele achava que estava tão maluca que esquecera dos compromissos?

— Não tem. A sua clínica está sob os cuidados de outro médico por algum tempo. Com a ajuda de algumas enfermeiras — contou ele ao estender a mão para abrir a porta do quarto.

— O quê? Como? Por quê? — Maddie sabia que não estava dizendo coisa com coisa, mas não tinha ideia do que ele estava falando.

Ele abriu a porta e virou-se, com a expressão sombria e os olhos turbulentos. — Isso foi feito sob minhas ordens.

— Você não pode simplesmente assumir o controle da minha clínica, Hudson. Nem da minha vida — retrucou ela furiosa.

— Alguém precisa e eu acabei de fazer isso, doçura. E é só o começo. Encontro você lá embaixo. — Ele se virou e saiu, fechando a porta atrás de si.

Maddie estava fumegando ao entrar no banheiro, tentada a ir atrás de Sam e continuar a briga, mas precisava se preparar. Ele a deixara tão enfurecida que ela não conseguiria argumentar de forma decente com o humor em que estava.

Quem diabos estava cuidando da clínica? Estavam cuidando bem das pessoas lá? Mas que merda!

Ela tirou o guarda-pó e as roupas íntimas, dobrando-os em uma pilha que levaria consigo ao ir embora, algo que planejava fazer assim que lidasse com Sam Hudson.

Ela precisou de um momento para descobrir como usar o banheiro complicado, que tinha vários chuveiros que pulsavam água quente sobre cada músculo do corpo dela, um prazer decadente que a fez reprimir um gemido ao lavar os cabelos. Nem um pouco surpresa pelo fato de ele ter gel de banho e xampu femininos em seu banheiro, Maddie tentou não pensar nos zilhões de mulheres que provavelmente fizeram mais do que apenas tomar banho com Sam naquele banheiro. Desligando o chuveiro, ela pegou uma toalha felpuda, secou-se e aplicou um pouco de loção que encontrou dentre uma infinidade de produtos femininos nos armários.

Havia roupas femininas empilhadas em cada superfície. E todos os itens ainda estavam com as etiquetas. Pensando bem, tudo o que ela abrira era totalmente novo, incluindo o xampu e o condicionador que usara. Verificando o tamanho de uma calça *jeans*, ela notou que era o seu número, assim como todas as roupas. Até mesmo as roupas íntimas novas eram o seu número, exceto que nada era exatamente seu estilo. As roupas íntimas eram decadentes, feitas de seda e renda. A calça *jeans* era mais justa do que normalmente usava, moldando-lhe as curvas e o traseiro. Ignorando a imagem nos espelhos, ela vestiu uma camiseta, que era curta e justa sobre os seios.

Ah, que se dane. Vou trocar mesmo quando chegar na clínica.

Ela penteou os cabelos rebeldes com uma escova nunca usada que precisou tirar da embalagem.

Nenhum prendedor de cabelo.

Vasculhando todos os potes de loção, gel, spray para cabelos e outros itens variados, ela não encontrou absolutamente nada para prender os cachos desorganizados. Com toda a atenção que Sam tinha para detalhes, Maddie sabia que aquilo fora intencional. Ele nunca gostara de seus cabelos presos.

Abrindo um dos armários de remédios, ela abriu um sorriso maldoso, tirando um pacote de camisinhas.

Extragrande.

Maddie gostaria de achar que Sam ter comprado aquele tamanho fazia parte de uma ilusão, mas sabia que não era. Ela sentira aquela ereção contra o próprio corpo vezes suficientes para saber que ele era grande.

Tirando uma delas da embalagem, ela rasgou o anel superior e jogou o restante no lixo.

Perfeito.

A borracha era elástica o suficiente para segurar os cachos em um rabo de cavalo.

Agora, ela só precisava de um pouco de café para se sentir humana novamente. Ela pegou os sapatos que estavam ao lado da cama, calçou-os e desceu a escada, sem ter a menor ideia de onde ficava a cozinha. Quando chegou ao pé da escada, olhou em volta, admirando o teto alto e a decoração clara. O esquema de cores parecia deixar tudo mais leve e alegre.

Ela já sabia que a casa de Sam era imensa, grande o suficiente para uma festa de casamento e a recepção. Olhando para a esquerda, ela viu uma sala de estar enorme. À direita, uma entrada gigantesca. Deduzindo que a cozinha provavelmente ficava à direita, Maddie andou naquela direção, ansiosa para encontrar uma cafeteira. Precisava muito de uma dose de cafeína. A dor de cabeça diminuíra bastante, mas o vício de cafeína não ajudava em nada. Ignorando vários corredores menores, ela seguiu o que parecia ser um corredor principal que talvez levasse à cozinha.

Ah, finalmente!

Ela chegou a um arco alto que levava a uma cozinha de que qualquer *chef* profissional teria inveja. E lá, em frente ao fogão, estava Sam. Os cachos começavam a se formar à medida que os cabelos secavam e ele vestia uma calça *jeans* justa e uma camiseta polo.

Ela observou enquanto ele enchia com habilidade dois pratos, como se realmente cozinhasse o tempo inteiro. O olhar dela se moveu nervosamente para a bolsa que estava sobre o balcão. Os papéis que enfiara apressadamente no bolso lateral agora estavam sob ela.

Ela se aproximou do balcão, tirou os papéis de sob a bolsa, dobrou-os e enfiou-os na parte central da bolsa, fechando o zíper rapidamente.

— Eu já os vi. Os papéis caíram da sua bolsa quando eu a trouxe para dentro de casa na noite passada. Eu os encontrei no chão esta manhã. — A voz dele era baixa e ameaçadora.

— Você os leu? — Cruzando os braços em frente ao corpo, ela fez uma cara feia para ele, encostando o quadril no balcão.

— Não intencionalmente. Mas eu os abri para ver o que era. Achei que fossem papéis que eu deixara cair. — Ele colocou os dois pratos sobre a mesa da cozinha e puxou uma das cadeiras. — Você não vai fazer isso, Maddie. Nem agora, nem nunca — disse ele em tom firme. — Agora coma. — Ele colocou uma caneca grande de café ao lado do prato e o aroma a deixou com a boca cheia d'água.

— Na verdade, não vou fazer isso. Não tenho dinheiro e não é justo colocar uma criança no mundo só porque sou egoísta e quero ser mãe. Trabalho em horários horrorosos e não seria uma coisa boa para um bebê. Posso adotar uma criança no futuro. Foi só uma ideia.

— Ela faria trinta e cinco anos em breve. A inseminação artificial fora algo que quisera considerar. Provavelmente nunca se casaria, mas queria muito um filho. Na verdade, queria mais ser mãe agora do que quando era mais jovem.

Ela começou a andar na direção da mesa com a intenção de pegar o café. Antes que conseguisse dar um passo, Sam a agarrou pelo braço e encostou-a no balcão. Com as costas pressionadas contra o móvel, Sam colocou um braço musculoso em cada lado de seu corpo, prendendo-a no lugar. — Diga-me por quê? Por que desejaria fazer isso? Por que não se casou? Por que não teve filhos da forma normal? — rosnou ele, com os olhos intensos brilhando ao olhar para o rosto dela e os músculos da mandíbula tensos.

Ela encontrou o olhar dele com uma expressão ardente e furiosa ao retrucar: — Porque, para isso, eu precisaria ter feito sexo e não gosto.

— Você não gosta de sexo? Com nenhum de seus parceiros? — perguntou ele em um tom confuso.

— Parceiro. Tive um namorado. Tentei, não gostei e não tentei de novo. Lance disse que eu não era uma mulher sensual e acho que tenho que concordar com ele. Tive que tomar alguns drinques para deixar que ele encostasse em mim.

— E você acreditou nele? Ele disse que o problema era você e acreditou nisso, Maddie? Isto é ridículo. Você é a mulher mais sensual que já conheci — disse ele em voz rouca. — E sei com certeza que você gosta de sexo. Só não fez sexo com o cara certo.

— Não importa. Não tenho vontade de tentar de novo e foi por isso que pesquisei a inseminação artificial — respondeu ela, contorcendo-se para se afastar dele.

— Se alguma inseminação for feita, será por mim. Não será feita em um ambiente estéril em uma clínica qualquer. Você só precisa de um homem que queira lhe dar prazer até o ponto de perder a sanidade. E este homem sou eu — disse ele, abaixando a cabeça para capturar-lhe os lábios.

Maddie empurrou o peito dele, desesperada para se afastar, com o coração batendo forte no momento em que a boca de Sam caiu sobre a sua. *Ah, meu Deus.* Sam conseguia incendiá-la como nenhum outro homem apenas com um beijo, mas o ato sexual era algo muito diferente. As mãos dela agarraram os ombros dele quando ele invadiu-lhe a boca com a língua, beijando-a de uma forma que sempre a deixava fraca e incapaz de resistir. Ela se entregou, empurrando a língua contra a dele repetidamente. Ela sentiu a boceta úmida ao gemer contra os lábios de Sam, com o ser inteiro consumido quando ele a dominou com a boca até que ficasse sem fôlego.

Os beijos sem fim continuaram, um levando ao próximo, com cada abraço mais sensual. As mãos grandes se moveram sob a camiseta curta, deslizando sobre a pele das costas, pelo abdômen e finalmente envolvendo os seios por cima do sutiã. Ele passou os polegares sobre os mamilos sensíveis, acariciando-os em círculos lentos e torturantes. Inclinando Maddie mais para trás, os dedos ágeis de Sam abriram o fecho dianteiro do sutiã e acariciaram os seios nus.

Sim. Sim. Sim.

Afastando os lábios dos dela e com a respiração pesada, ele pediu:
— Passe as pernas em volta da minha cintura, Maddie.

Tão perdida, tão carente, ela não pensou que colocaria o peso sobre ele, apenas fez o que lhe pedira. Ela passou os braços em volta do pescoço dele e prendeu as pernas em volta da cintura, esfregando-se contra o pênis grande e duro com abandono, gemendo suavemente ao sentir o atrito contra o clitóris.

Sam deu alguns passos, parando ao lado do balcão no centro da cozinha, e deitou-a sobre o material frio. Com as costas dela apoiadas, ele moveu a camiseta para cima e fora do caminho. Em seguida, acariciou, lambeu e mordeu gentilmente os mamilos até que Maddie gemesse seu nome. — Sam. Ah, meu Deus, Sam.

Ela mexeu a cabeça de um lado para o outro, sentindo a frustração aumentar. *Mais.* Ela precisava de mais. Movendo os quadris para chegar mais perto, ela esfregou a boceta saturada nele, ardendo de desejo.

— Você é linda demais, Maddie. Tão cheia de fogo por mim. — A mão dele desceu até a cintura dela, abriu o botão da calça e abaixou o zíper. Ele se ergueu ligeiramente e ela quase soluçou desapontada quando a boca se afastou de seus seios. Logo em seguida, a mão dele deslizou entre os dois corpos e para dentro da calcinha dela, com os dedos invadindo as dobras úmidas para encontrar o clitóris.

— Sam, não aguento mais. Não aguento. — Ela balançou a cabeça selvagemente, arqueando as costas quando ele a acariciou, aumentando-lhe o desejo até que teve vontade de xingá-lo para que a fizesse gozar.

— Você está tão molhada. Diga de que precisa — disse ele com voz rouca.

— Preciso de você — respondeu ela sem fôlego, percebendo que queria aquele pênis enorme enterrado dentro de si.

Os dedos dele passeavam pela boceta, acariciando o clitóris com pressão suficiente para deixá-la louca. — Goze, Maddie. Quero ver você gozar.

Como se estivesse obedecendo às ordens dele, ela explodiu quando ele aumentou a pressão dos dedos, fazendo-a estremecer com um gemido torturado.

Sam a penetrou com um dedo enquanto continuava a acariciá-la. — Caralho, adoro ver você gozar. Queria que estivesse gozando em volta do meu pau agora.

Ao se contrair em volta do dedo dele, Maddie desejou o mesmo. O corpo inteiro estremeceu ao tentar recuperar o fôlego, com o coração batendo com força dentro do peito.

Sam tirou a mão de dentro da calcinha dela e puxou Maddie contra o peito. Com as pernas ainda em volta da cintura dele, ela recostou a cabeça em seu ombro, tentando entender o que acabara de acontecer. Claro, ela já chegara ao clímax antes, mas nunca daquele jeito. — Ah, meu Deus, o que eu fiz? — sussurrou para si mesma, com uma sensação de condenação, sabendo que nunca mais a vida seria a mesma.

Capítulo 4

Obviamente, Sam ouvira a pergunta sussurrada. Ele se afastou, olhando-a com expressão zombeteira. — Você gozou. Intensamente. Então, não me diga que não gosta de sexo, Maddie. Gosta, sim, comigo. Só comigo. — Ela recuou e observou quando ele lambeu os dedos, com os olhos fechados e uma expressão de êxtase completo. — Caralho, eu nunca conseguirei esquecer do seu cheiro, do seu gosto incrível. Devia ter feito você gozar com a minha boca. — Ele falou enquanto lambia os dedos, uma visão incrivelmente erótica. — Agora quero sentir o seu gosto. Você inteira. — Abrindo os olhos, ele a encarou com um olhar tão ardente que ela se sentiu molhada novamente.

Contorcendo-se, ela tirou as pernas da cintura dele e empurrou-o pelo peito. Segurando-a pelas nádegas, ele a abaixou até o chão, deixando que escorregasse lentamente pelo próprio corpo excitado. Constrangida, ela rapidamente virou de costas para fechar o sutiã e a calça, percebendo que teria que trocar de calcinha. — Já volto — murmurou ela, mortificada e sem saber ao certo o que dizer.

— Ei. — Sam a pegou pelo braço, fazendo com que o encarasse. — Você está corada. Não está envergonhada, está?

Ela assentiu.

— Por quê? Não fique. Foi a coisa mais erótica que já vi — disse ele, acariciando-lhe os braços devagar.

— Eu... eu não faço esse tipo de coisa. Não reajo dessa forma. — *Ah, merda.* Estava gaguejando. — Nós nos odiamos.

Agarrando-lhe os braços, ele a sacudiu de leve. — Você pode me odiar, mas eu nunca a odiei, Maddie. Nunca. — Levando-a até uma cadeira, ele acenou para que ela se sentasse. — Sente-se. Vou pegar a comida.

Depois de pegar um analgésico na bolsa, ela se sentou, com a mente e o corpo ainda atordoados. Ela pegou a xícara de café, engoliu os comprimidos para dor de cabeça e bebeu metade do líquido quente antes de relaxar um pouco.

Momento depois, Sam colocou os pratos quentes em frente aos dois. — Coma alguma coisa, Maddie. Quer mais café?

Ela balançou a cabeça negativamente. — Talvez daqui a pouco.

Ele ficou parado olhando para ela um momento e, em seguida, acariciou-lhe os cabelos. Ao perceber o elástico que ela retirara da camisinha, soltou uma risada alta e comentou: — Muito criativa, doçura.

Ela olhou para ele com olhar malicioso. — Também achei. Ainda bem que você usa um tamanho tão grande, senão talvez não tivesse conseguido prender todo o meu cabelo.

— Há outras vantagens nisso — respondeu ele em tom divertido ao se sentar.

Ela não pretendia continuar aquele assunto. Observando-o enquanto ele comia avidamente os ovos, o bacon e as batatas, ainda com aparência imaculada, Maddie nunca teria imaginado que acabara de lhe dar o orgasmo mais incrível da vida usando apenas os dedos e a boca.

Ela estremeceu, pegando o garfo com os dedos ligeiramente trêmulos. Ela começou devagar, devido à falta de interesse em comida no momento, mas rapidamente limpou o prato. — Minha nossa, como estava delicioso. Eu não sabia que você sabia cozinhar.

Ele a olhou com um sorriso malicioso. — Você nunca perguntou. E eu não tinha muito com o que trabalhar quando estávamos juntos.

A mamãe tentou ensinar Simon e eu a cozinhar. Eu aprendi e gostei. Simon não.

Na época, ele só tinha um prato quente, pois o fogão não funcionava. Ainda assim, era bastante talentoso. Fora o melhor café da manhã que ela comera em algum tempo, mesmo requentado. — Kara tem medo de deixar Simon entrar na cozinha. — Maddie sorriu, lembrando-se de dois episódios em que Simon tentara cozinhar. Os dois foram um pesadelo e um dos episódios disparara os alarmes de incêndio por causa da fumaça.

Sam largou o garfo e o guardanapo sobre o prato vazio e pegou a xícara de café. — É estranho porque Simon sempre foi o mais criativo de nós dois.

Maddie o encarou ao pegar sua caneca. — Isso não é verdade. Você é brilhante. — Sim, Sam podia ser um sacana com as mulheres, mas era um homem de negócios inacreditável. Ela acompanhara o crescimento da empresa dele, mas nunca admitiria isso. Sam levara o negócio de desenvolvimento de jogos de computador de Simon a um nível totalmente novo. Em seguida, expandira a Hudson em uma potência comercial e criara outras empresas, tornando-a uma das corporações mais diversificadas e poderosas do mundo. Simon ainda estava à frente da parte de desenvolvimento de jogos, mas Sam era responsável por boa parte do status de bilionário deles com as outras empresas.

Sam deu de ombros. — Eu era só o cara que resolvia as coisas. Simon era o cérebro da empresa.

— Acha mesmo isso? Eu sei que ele criou os projetos iniciais, mas quem os vendeu, comercializou, dedicou-se e começou as outras empresas? Ele pode ser um desenvolvedor de jogos brilhante, mas você é o gênio no negócio. Foram necessários os dois para criar a empresa.

Sam tomou um gole de café e colocou a xícara sobre a mesa, olhando-a com ar divertido. — Madeline, se eu não a conhecesse bem, acharia que está me elogiando.

Revirando os olhos, ela se levantou e pegou os pratos, passando uma água neles antes de colocá-los na lava-louças. — Eu falo a verdade quando a vejo. Posso não gostar de você, mas não posso negar que é bem-sucedido. — *E de uma forma ridícula.*

Sam a ajudou a colocar o restante da louça na máquina. Em seguida, encheu novamente as xícaras. — Precisamos conversar, Maddie.

— Na verdade, preciso ir para casa. Tenho que trocar de roupa e voltar para o ensaio — disse ela em tom leve, sem querer ouvir o que ele tinha a dizer. O tom dele era sério demais, muito parecido com o Sam que ela conhecera no passado, o que a deixou fraca de saudades, querendo algo que nunca mais aconteceria.

— Você tem roupas aqui. Sente-se — resmungou ele com expressão implacável.

Em vez de se sentar, ela pegou a xícara e tomou um gole, encarando-o com cautela. — Basta me dizer o que tem a dizer. Você não tem voz ativa alguma em minha vida e no que faço, mas escutarei. Depois, irei embora. — Parecia a maneira mais rápida de se afastar dele. E ela precisava ficar longe da presença do homem mais sensual que já conhecera. Imediatamente.

— Você não irá a lugar algum hoje. Nem amanhã. Nem depois de amanhã — rosnou ele, tirando a xícara da mão dela e colocando-a sobre a mesa. — Vai tirar uns dias de folga enquanto considera a minha proposta.

Cruzando os braços sobre o peito, ela perguntou: — E que proposta é essa?

— Quero que saia do emprego no hospital e trabalhe em horário integral na clínica. Como médica contratada. Começarei pagando a você um salário de meio milhão por ano. Você poderá fazer todo o seu trabalho lá durante o dia. Quero que vá embora antes do escurecer e não poderá trabalhar mais de cinco dias por semana. Isso lhe dará mais tempo lá sem o estresse de ter que lidar com dois empregos. — Ele a encarou com olhar irritado.

— É uma clínica gratuita. Não posso aceitar um salário — respondeu ela perplexa.

— Ela funciona com doações. Posso aumentar minha doação e pagar eu mesmo o seu salário. Tenho muitos contatos que estariam mais do que dispostos a ajudá-la na clínica. Só preciso telefonar a eles. — Ele ergueu a sobrancelha, como se estivesse desafiando-a a retrucar.

Obviamente, ele tinha contatos, outros homens de negócio ricos que poderiam ajudar a custear a clínica. Ai, meu Deus. Como seria poder estar na clínica todos os dias, um lugar em que realmente pudesse fazer a diferença na vida das pessoas? Ela gostava do emprego no hospital e era recompensador cuidar dos pacientes lá, mas não era o mesmo que ajudar pessoas que não tinham dinheiro para pagar por cuidados médicos. E havia muitos outros médicos que poderiam preencher sua vaga no hospital. Já na clínica, não.

— Eu não valho tanto dinheiro. Sou só uma clínica geral. Não ganho um salário desses. — Seriamente, estava mesmo considerando a oferta dele? Que merda! Ele estava balançando uma cenoura que ela quase não tinha como recusar.

É Sam Hudson, Maddie. Tenha cuidado.

O problema era que ela não queria ter cuidado. Queria agarrar aquela oportunidade. — Qual é o truque? — perguntou ela com cautela. — Não há nada para você nisso, exceto um desconto maior no imposto de renda se contabilizar como doação para uma organização de caridade. Por que se dar a esse trabalho todo pela minha clínica?

— Eu fico tranquilo sabendo que está segura todos os dias e fora da clínica antes do escurecer. Saberei que está dormindo direito, comendo direito. — Ele deu de ombros. — As condições são firmes. Nada de trabalhar à noite nem mais de cinco dias por semana.

Ele a estava manipulando e ela não gostou. No entanto, era difícil não aceitar, pois era algo que sempre quisera. — Abaixe o salário. Prefiro usá-lo para pagar uma equipe integral. Só preciso do suficiente para pagar meu empréstimo da faculdade, a hipoteca e outras despesas menores.

— Não. O salário é este e eu pagarei o seu empréstimo. Garantirei que as doações sejam suficientes para que pague uma equipe e compre equipamentos de ponta. — Ele cruzou os braços sobre o peito, com o rosto parecendo granito.

Estavam negociando, mas Maddie sentiu que, sempre que abria a boca, ele queria mais. — Por que está fazendo isso? Sério.

— Estou fazendo isso por você — respondeu ele, encarando-a firmemente. — E, em parte, por mim mesmo — admitiu ele relutantemente.

— Vamos assinar um contrato? — perguntou ela, querendo saber se estaria juridicamente protegida. Queria acreditar que Sam estava sendo sincero, mas nunca mais se deixaria enganar por ele. Um coração partido era mais do que suficiente. Ele conquistara sua confiança antes e quebrara-a em um milhão de pedaços, fazendo com que suspeitasse de qualquer coisa que oferecesse.

— Não. Não se aceitar minha oferta inteira — respondeu ele com a voz rouca.

— O que mais tem a propor? — *O que mais ele poderia oferecer?*

— Quero engravidar você — disse ele. — Você estará em posição de ter um filho e quero que seja meu. Não quero a semente de outro homem dentro de você.

Maddie soltou uma exclamação, com o coração batendo mais depressa. O homem estava maluco? — Você quer ser o meu doador de esperma?

— Claro que não. Quer dizer, quero, mas faremos isso à moda antiga. Estou disposto a tentar pelo tempo que for necessário. Todos os dias. Cinco vezes por dia. Ou até que peça misericórdia. E, mesmo assim, não sei ao certo se conseguirei parar. — Ele a puxou para perto e soltou seus cabelos, enterrando as mãos nos cachos de forma possessiva.

A mente de Maddie girou confusa, com o coração batendo com tanta força que ela podia jurar que saltaria do peito. — Isso significa fazer sexo. Muito sexo. Sexo desprotegido. Ah, nem pensar. Não gosto de sexo e você é um mulherengo, Sam. Não passaria uma semana sem outra mulher. Não serei suficiente para você. E certamente não pretendo pegar doenças de suas amigas.

Nem pensar. Ter Sam Hudson como pai do filho que quero tão desesperadamente é promessa de problemas.

— Estou limpo. Mostrarei a você todos os meus registros de saúde.

— Afastando-se, ele a estudou com aqueles olhos cor de esmeralda.

Estavam tumultuados e ardentes, como se ele estivesse tentando se conter.

— Não posso. Confiei em você uma vez. Não posso fazer isso de novo. Especialmente não com uma criança envolvida — respondeu ela em tom triste, com os olhos cheios d'água. Inacreditavelmente, ela quase queria dizer sim. Como seria ter nos braços o filho de Sam, o filho deles? A necessidade a atingiu com tanta força que a deixou tonta. Não só ela queria um filho, também queria Sam. O seu problema com sexo não tinha nada a ver com a fisiologia. Tudo se resumia a ele, Sam. Nenhum outro homem fora Sam, portanto, ela nunca quisera mais ninguém. Em se tratando de uma coisa tão íntima, só parecera certo com uma pessoa, um homem que lhe partira o coração muitos anos antes.

Devo ser louca, uma maldita masoquista, para me sentir assim.

— Faz meses que não faço sexo com ninguém. Não consegui. Antes disso, eu só ia para a cama com mulheres de cabelos ruivos, corpos cheios de curvas e que não se importavam que eu gritasse seu nome ao gozar — rosnou ele. — Mulheres que só queriam dinheiro ou coisas materiais, porque eu não tinha nada mais a dar a elas.

— Sam, você está com uma mulher diferente toda semana...

— Amigas que saem comigo para realizar diversas funções. Não durmo com elas. Não tenho desejo algum de dormir com uma loira alta e magra. Estou obcecado demais com uma ruiva pequena que me odeia. — Ele soltou uma risada sem humor algum.

Ai, meu Deus, será que era mesmo verdade? Ainda assim, ele a traíra quando estavam namorando. Como o provérbio que dizia que pepino que nasce torto nunca se endireita, Sam não podia ter mudado tanto assim, podia? — Não posso. Nunca daria certo. Não posso dormir com você, ficar grávida e ir embora. — *Isso me mataria!*

— Se tentasse ir embora, eu iria atrás de você. — As narinas dele se abriram ligeiramente quando ele a encarou com tanta intensidade que ela quase desviou o olhar.

— Então por que sugeriu isso? — perguntou ela curiosa.

— Acho que você não entendeu, Madeline. Não estou pedindo para trepar com você e engravidá-la, apesar de obviamente querer isso.

— O que você quer?

Ele respirou fundo, soltando o ar lentamente, com o corpo inteiro tenso. — Quero que case comigo. Não estou pedindo alguns meses de sexo selvagem. Quero você para sempre. Eu, você, uma família. Tudo. Tudo o que deveríamos ter tido, e não tivemos. Não mereço você, mas eu a quero. Tanto que isto está me matando.

Sam respirou fundo de novo... e esperou.

Capítulo 5

Sam prendeu a respiração, observando a expressão de Maddie mudar para uma de incredulidade enquanto tentava absorver o que ele acabara de dizer. Choque. Descrença. Horror. Todas aquelas emoções foram transmitidas pelos olhos cor de amêndoa. Minha nossa! Ele não queria dizer aquilo. Não queria dizer nada daquilo, exceto a proposta de ajudá-la na clínica para que sua vida fosse mais fácil. Mas, quando vira aqueles malditos papéis, perdera totalmente o juízo.

Nenhum homem plantará uma semente na minha mulher, seja artificialmente ou não. Se ela quer um bebê, eu lhe darei um. Ou morrerei feliz tentando.

Emoções desenfreadas e possessivas surgiram dentro dele até que sua visão ficou embaralhada. Os punhos estavam fechados com a necessidade de ter a mulher à sua frente, uma mulher que quisera a vida inteira. Na última vez em que se afastara dela, fizera isso porque achara que ela ficaria melhor sem ele. *Foda-se, não farei isso novamente.* Maddie obviamente não estava feliz, algum homem a tratara muito mal e ela não tinha a família que sempre quisera. Estava sozinha. Ou melhor, estivera sozinha. Agora, Sam tinha decidido que ela o teria. Para sempre. Mesmo que o odiasse, ele a trataria melhor do que qualquer outro homem conseguiria. Cuidaria melhor dela, atenderia a todas as suas necessidades até que ela implorasse por misericórdia.

Que besteira... ela não gosta de sexo. Ela só nunca tivera um homem que quisesse lhe dar prazer. Maddie era uma bomba que ele queria detonar. Ora... ele queria fazer um show completo de fogos de artifício com ela, um orgasmo após o outro, até que ela lhe implorasse para parar depois que o corpo estivesse totalmente satisfeito.

Sam não viu a mão que subiu em direção ao seu rosto. As fantasias e os desejos eram tão potentes que ele estava perdido. O tapa bateu com força suficiente para jogar-lhe a cabeça para a direita e alto o suficiente para que ecoasse pela cozinha.

— Como pôde? Como pôde brincar desse jeito comigo? Seu imbecil, o que eu fiz a você para merecer isso? — sibilou Maddie, com os olhos furiosos e cheios de lágrimas. — Não quero participar de seus joguinhos idiotas, Hudson.

Sam agarrou-lhe o pulso quando ela estava prestes a lhe dar um segundo tapa. — Não. — Ele a segurou com força suficiente para imobilizá-la, mas não para machucá-la. — Eu provavelmente mereci o que acabei de receber por ter magoado você no passado. Mas não vou levar outro tapa por querer me casar com você e dar-lhe tudo aquilo que deseja.

— Você é um maldito mentiroso. Não quer se casar comigo nem ajudar a minha clínica. É algum tipo de brincadeira doentia. E não entendo o motivo. — As lágrimas escorreram pelo rosto dela, saindo dos olhos cheios de dor e confusão.

— Mas que merda, Maddie. — Ele a envolveu nos braços. Ela o chutou e contorceu-se até que ele a apertou nos braços para imobilizá-la. — Não é uma maldita brincadeira. Não sou sacana a esse ponto. — Talvez fosse, um pouco, mas não sobre aquilo, não sobre ela.

Furioso, ele a carregou até a sala de estar. Soltando-a sobre um sofá de couro, deitou-se sobre ela, prendendo-lhe as mãos e segurando seus pulsos sobre a cabeça.

Com a respiração pesada, Sam a encarou, mantendo a maior parte do peso fora do corpo pequeno apoiando-se nas pernas. As lágrimas rolavam pelo rosto dela, um rio que parecia não ter fim. *Mas que merda!* — Por favor, não chore, Maddie. — *Não aguento quando ela chora. Já se desapontou e sofreu demais na vida.* Saber que era a fonte das lágrimas dela, mesmo que não fosse intencional, quase o matou.

Ela virou o rosto para o lado. — Solte-me. Quero ir embora.

— A oferta foi sincera, Maddie. Não sei por que acha que eu faria esse tipo de jogo com você, mas não tenho motivo algum para fazer isso. Pense bem. Não faz sentido. — Ele suspirou frustrado.

Ela virou a cabeça e encarou-o firmemente. — Faz tanto sentido quanto me pedir para casar com você. Nós nos odiamos...

— Você me odeia. Eu não odeio você. Nunca odiei — retrucou ele, tentando conter a onda de emoções que o invadira.

— Você também não quer trepar comigo. E nem sequer me respeitou o suficiente para terminar comigo antes de foder aquela garota. Eu me importava com você, Sam. E ver você com aquela mulher transformou em piada tudo o que tínhamos. Nossa amizade. Nosso relacionamento. Tudo foi uma grande brincadeira comigo. — Ela puxou as mãos e Sam a soltou, sentando-se para lhe dar espaço, já que parecia mais calma.

— Maddie, eu...

— Então, sinto muito se para mim parece só mais uma mentira, mas não confio em você. Com motivo — concluiu ela, correndo a mão trêmula pelos cabelos para tirar os cachos do rosto, que ainda estava úmido por causa das lágrimas. — Preciso ir embora. Pode me levar até a clínica para eu buscar meu carro?

— Não. Você fica aqui. O ensaio começará em poucas horas — insistiu ele com a mandíbula tensa. — Você não me deu uma resposta sobre a minha proposta.

— Porque não acho que seja realmente necessário, mas, já que quer... a resposta é não. Claro que não. Absolutamente não — retrucou ela. — Você partiu meu coração uma vez. Acha que sou tão burra assim? A não ser que consiga me dar um motivo muito bom para estar agarrado com aquela mulher alta, magra e linda há tantos anos...

— Porque eu não tive opção — gritou ele. A explosão veio das profundezas de sua alma. — Eu precisava afastar você para que não se ferisse. Aquela mulher, que tinha pelo menos quinze anos a mais que eu, era uma maldita agente do FBI. Você olhou para ela? — Ele estremeceu, com as emoções perto da superfície, incapaz de se lembrar daquele dia de pesadelo sem ter uma crise de fúria e frustração.

— Só lembro que ela era bonita e estava com a língua dentro da sua boca. E suas mãos estavam por toda parte no corpo dela — respondeu Maddie, com a voz incerta e triste ao se lembrar da dor.

— Ela era boa no que fazia. Tínhamos nos encontrado para tentar achar uma forma de proteger você. Foi por isso que lhe pedi para me encontrar para um café. Kate disse que a melhor forma de protegê-la era aliená-la, mas eu não conseguia fazer isso. Eu me importava demais. Ela me disse que, se eu realmente me importasse com você, deveria me preocupar primeiro com a sua segurança. Ela tinha razão, mas eu não sabia como me afastar de você, mesmo sabendo que precisava fazer isso para ter certeza de que estaria segura. E, quando viu você se aproximando, ela fez isso enfiando a língua na minha boca. Ela me convenceu que fazer você me odiar era a forma de protegê-la e, sim, acabei entrando no jogo. Não sabia se, depois, devia agradecer a ela ou odiá-la. Odiei colocar as mãos em uma mulher que não era você, Maddie. Odiei enquanto acontecia, sabendo que você estava assistindo e sentindo-se traída. E, se acha que não me arrependi, dia após dia, desde que isso aconteceu... está errada.

Sam se sentou ao lado de Maddie e enterrou o rosto nas mãos, ainda odiando a si mesmo pelo que acontecera, mas sabendo que fora a única forma. Naquela época, ele era jovem e egoísta, incapaz de afastar Maddie porque a queria demais, precisava dela demais. E ela era tão leal que nunca o teria deixado, a não ser que se sentisse traída. — Eu não queria magoá-la, mas a ideia de que algo pudesse acontecer com você me deixou tão louco que fiz o que foi necessário.

— Por que o FBI? Você estava encrencado de alguma forma? — questionou Maddie ainda com a voz cheia de dúvida e confusão.

Ele se recostou no sofá, apoiando a cabeça no couro. — Não, eu não. Você conhece a minha história, Maddie. Sabe que meu pai morreu de *overdose* e que tinha conexões com o crime organizado.

— Sim — assentiu ela. — Você me contou. Ele morreu logo depois que nós nos conhecemos.

— Eu sabia de algumas coisas. Coisas que poderiam ajudar a acabar com a organização inteira. Meu pai não era um homem bom. Eu vivia interferindo entre ele e Simon, fazendo o que era preciso para impedir que o velho imbecil machucasse meu irmão menor. Eu era menor de idade ao fazer algumas tarefas e fiz outras coisas sob ameaça, portanto, não, não estava encrencado. Mas eu sabia o suficiente para ajudar a desbaratar uma organização mundial que era maligna.

Ele respirou fundo, soltou o ar lentamente e continuou: — Vim para Tampa com a esperança de afastar a minha família de lá, de começar uma vida nova e deixar a antiga para trás. Mas, depois de conhecer você, sabia que não podia simplesmente enterrar o passado e fugir, fingir que não sabia de nada. Eu queria ser um homem bom e uma pessoa decente não seria egoísta o suficiente para não tentar evitar a dor e a morte causadas por essa organização. Precisava fazer o que podia para acabar com eles. Procurei os federais em dezembro e dei informações, trabalhei com eles para ajudar na investigação. Demorou meses, mas finalmente conseguiram infiltrar agentes e obtiveram informações suficientes para acabar com tudo. Infelizmente, vazou que eu era um informante, o que transformou a mim e a todos com quem eu me importava em alvos. Kate me ajudou a perceber que eu não podia ser próximo de ninguém. Era perigoso me conhecer.

— Eu teria ficado com você, teria feito o que fosse preciso...

— E teria acabado morta. Eu não podia correr esse risco. — Ele se inclinou para a frente, segurando Maddie pelos ombros e sacudindo-a de leve. — Eu não consegui tirar a minha mãe e Simon de lá a tempo. Simon foi esfaqueado por alguém da organização, como troco por meu pai ter sido desleal. Eram pessoas que matavam sem pensar duas vezes. Não davam a mínima para a vida humana. Você entende? — rosnou ele com as emoções prestes a explodir. O suor escorreu pela testa, uma reação que tinha sempre que pensava no que acontecera com Simon e no que poderia ter acontecido com Maddie.

— O que aconteceu com Simon não foi culpa sua, Sam — disse Maddie baixinho em voz reconfortante.

— Claro que foi! Eu era o irmão mais velho dele. Devia tê-lo tirado de lá mais cedo. Devia ter sabido que se vingariam em quem estivesse disponível. — Soltando Maddie, ele se jogou novamente para trás.

— Você mal tinha chegado à idade adulta. Como poderia saber?

— Eu devia ter sabido. Via aquelas pessoas em ação desde pequeno — respondeu ele em tom suave e perigoso.

— Por que não me procurou mais tarde? Depois que tudo terminou? — perguntou Maddie com a voz trêmula.

— Levou mais de um ano até que todas as ramificações da organização fossem eliminadas. Minha mãe, Simon e eu estávamos sob proteção do FBI aqui em Tampa até que todos os chefes fossem presos ou mortos — respondeu ele em voz baixa.

— Mas, depois disso, por que não me procurou?

— Eu procurei. — Sam cerrou as mãos, odiando lembrar do dia em que fora procurá-la. Já sabia que a tinha perdido, mas aquele dia em particular foi o momento em que a ficha realmente caiu. Foi naquele dia que ele teve que admitir para si mesmo que Maddie se fora para sempre.

— Eu nunca mais vi você — retrucou ela confusa.

— Eu vi você. Dessa vez, fui eu que tive que ver você com outro homem enfiando a língua na sua boca. — Ele franziu a testa com uma expressão feroz. — Eu a procurei no campus, mas um cara de cabelos escuros que parecia um jóquei estava em cima de você. Achei que você parecia feliz. Ele parecia ser um cara rico e que poderia fazê-la feliz. Você continuou a vida e eu não podia culpá-la por ter encontrado alguém melhor. — *Caralho, aquilo doera.*

— Lance — sussurrou ela. — Começamos a namorar um ano depois do que aconteceu. Você devia ter falado comigo.

— Por quê? Só teria estragado a sua vida. Eu não tinha nada a oferecer, Maddie. Mal tinha ficado em segurança depois de um envolvimento longo com o FBI. Completamente quebrado, tentando sustentar a minha família. Simon estava na escola. Eu larguei a escola para que ele pudesse estudar. Quando ele tinha idade suficiente para conseguir um emprego de meio expediente, voltei para terminar os estudos. Você estava com um cara que parecia uma opção muito melhor do que eu na época. — Maddie nunca saberia como fora difícil se afastar, deixá-la nos braços de outro homem. Mas Kate estivera certa quando dissera que, se ele realmente se importava, faria o que fosse melhor para ela. — Se soubesse que era um idiota que não se casaria com você e que lhe trataria mal, eu a teria tirado dele em um piscar de olhos. Suponho que era ele o cara do relacionamento sexual que você mencionou? Aquele cara foi o filho da puta que lhe disse que você não era *sexy*? — Minha nossa, o que ele não faria para colocar as mãos em volta do pescoço daquele imbecil. Ele se odiou ainda mais por ter deixado Maddie, tão preciosa, aos cuidados de alguém que não a merecia.

— Sim. Não ficamos juntos por muito tempo. Seis meses. — Ela estremeceu ao olhar para Sam, com a dor nos olhos quase tangível. — Eu estava muito solitária e queria esquecer você.

— E não tentou de novo desde então? — perguntou ele em tom mais gentil e curioso.

Maddie balançou a cabeça negativamente. — Não. Saí algumas vezes, mas não foi... nada.

Sam estendeu a mão, capturou uma das lágrimas no rosto dela com o dedo e levou-o aos lábios. — Meu Deus, Maddie. Não consigo imaginar um homem deixando você ir embora.

— Exceto você. — Ela abriu um sorriso triste.

— Você ainda não foi embora e, desta vez, não irá — respondeu ele em tom ríspido. — Quero que se case comigo.

Sam olhou para a expressão agoniada no rosto dela e aquilo quase fez com que ficasse de joelhos. Precisava que ela dissesse sim. Desesperadamente. A sanidade dele dependia disso.

— Nem nos conhecemos mais. Não sei o que dizer neste momento — respondeu ela com sinceridade.

— Diga sim.

Ah, claro que sim. Não havia como dizer não. Sam a puxou para o colo. Precisava segurá-la, sentir sua suavidade nos braços.

Ela se contorceu e tentou se afastar, mas ele não deixou. — Fique sentada quieta, senão, daqui a alguns segundos, deitarei você e farei com que gema sem parar — advertiu ele. — Não vou aguentar esse traseiro delicioso esfregando no meu pau por muito tempo, vou acabar arrancando essas roupas sensuais para sentir o gosto de cada centímetro do seu corpo.

Ela ficou quieta imediatamente e passou os braços em volta do pescoço de Sam. — O que aconteceu com Kate? — perguntou ela curiosa, encostando a cabeça no ombro dele.

Sam deu de ombros. — Não sei. Nunca mais a vi depois da investigação. Ela era casada. Tinha um casamento feliz, com dois filhos. Não tinha vontade alguma de mexer comigo. Eu era um garoto bobo para ela. Foi só um teatro que ela executou para me forçar a cortar laços com você. — Ele correu a mão pelos cabelos dela. — Então, qual é a sua resposta, Maddie?

— Sam, ainda nem consegui digerir as coisas que acabou de me contar. Não pode esperar que eu concorde em casar com você. — Ela recuou e olhou para ele com um olhar rabugento.

— Se não acredita em mim, pode perguntar a Simon. Ele não sabe sobre nós, mas pode confirmar todo o resto — disse ele desapontado porque talvez ela não tivesse acreditado nele depois de abrir a alma.

— Não é isso. Só preciso de tempo. — Ela suspirou. — Foi há muitos anos, Sam. Nós mudamos. Não conhecemos um ao outro agora.

— Sempre conhecemos um ao outro, doçura. Minha alma reconheceu a sua no momento em que a vi. — E era verdade. Ele não precisara de mais de um momento para ver como ela era especial. — Está bem, amanhã você diz sim. — Ele se sentia magnânimo agora que a tinha exatamente onde a queria.

Maddie fez uma careta. — É muito gentil da sua parte, mas acho que preciso de um pouco mais de tempo.

Inclinando o rosto dela, ele a encarou com um olhar possessivo. — Quanto tempo?

— Não sei — sussurrou ela com o olhar triste.

Que merda! Não a queria desanimada. Queria que ela o quisesse. Não... precisava que ela o quisesse. — Eu a seduzirei. Depois farei sexo com você até que não tenha forças para dizer nada além de sim. Ninguém plantará uma semente em você, exceto eu.

Maddie revirou os olhos. — Ninguém nunca plantou uma semente dentro de mim. Lance usou camisinha e, depois dele, a única coisa que tive foi meu vibrador.

Algo primitivo e carnal acordou dentro de Sam, com a ideia de Maddie dando prazer a si mesma fazendo com que o instinto feral e sexual se manifestasse. Ele desejou ser o primeiro a lançar a semente no ventre dela. Ele nunca fizera sexo sem camisinha. Naquele sentido, Maddie seria a primeira, a única, pois ele nunca mais fizera planos para ficar com uma mulher. — E como é o vibrador? — Ele quase gaguejou, mal conseguindo formar as palavras.

Ela deu de ombros, abrindo um sorriso doce. — As pilhas provavelmente descarregaram. Já faz algum tempo.

Meu Deus! Ela estava tentando matá-lo. — Você não precisará dele — retrucou ele, enterrando o rosto na pele sedosa do pescoço dela.

Ela inclinou a cabeça para que ele conseguisse chegar mais perto e murmurou: — É verdade que você não foi para a cama com todas aquelas mulheres?

— O que eu disse é verdade. Eu sei o que as colunas de fofoca dizem e o que as pessoas pensam, mas não é verdade. As mulheres com quem as pessoas me veem não são nada além de amigas ou conhecidas, mulheres que querem ir a festas. Não vou dizer que sou santo, Maddie. Fiz sexo. Mas nenhuma delas era você — respondeu ele com voz rouca contra a pele dela.

— Senti saudades de você. Senti tanta saudade — retrucou ela com a voz repleta de dor e tristeza.

Incapaz de se conter, Sam tirou Maddie do colo e deitou-se sobre ela, cobrindo o corpo pequeno com o seu. Ela era tão doce, tão macia sob ele que Sam gemeu. Ela abriu as pernas para recebê-lo e ele sentiu como se finalmente estivesse em casa, exatamente onde deveria estar. A sensação do corpo dela e o perfume provocante o envolveram, entranhando-se em cada poro. — Também senti saudades de você, doçura. Mais do que consegue imaginar — respondeu ele com voz rouca, abaixando o corpo sobre o dela, mantendo a maior parte do peso sobre os cotovelos, sentindo a necessidade de sentir a maciez dela. Ele enterrou o rosto nos cachos sedosos, deixando-se absorvê-la, sentindo o cheiro dela até sentir-se inundado por ele.

Minha. Eu preciso dela. Enquanto eu respirar, ela não terá outro homem.

Um som baixo e incoerente saiu da garganta dele. — Nunca deixarei que vá embora. Pode dizer sim hoje ou amanhã, mas sempre será minha.

Ele colocou a boca sobre a dela antes que Maddie conseguisse responder, engolindo qualquer protesto que pudesse exprimir. Ele não queria saber que palavras sairiam, estava tomando o que deveria ter sido seu anos antes. Talvez devesse ter confessado tudo na primeira vez em que a vira no ano anterior, mas não se aproximara, pois temera que ela tivesse alguém, um homem que fosse melhor que ele. Agora que sabia a verdade, que ninguém nunca cuidara dela como merecia, não pretendia deixá-la ir embora.

Ela tinha gosto de café e tentação pura, o que quase o deixou louco. Sam cobriu-lhe a boca repetidamente, tentando deixar sua marca nela, precisando que ela esquecesse de todos os homens do mundo, exceto ele. O pênis pulsou e ele esfregou os quadris nela, gemendo em sua boca ao ser recebido com calor e a promessa de êxtase. Ele passou os braços sob as costas dela, tentando puxá-la para mais perto, tentando deixar seus seios mais apertados contra o peito. Que merda, ele precisava de mais. Mais dela, mais de seu calor. Ela gemeu quando ele invadiu com a língua a boca morna e quente, querendo se perder em sua essência.

Afastando a boca, ele sussurrou: — Preciso ficar mais perto de você. Nua. Agora.

— Sam, há alguém na porta. Ouvi a campainha — disse Maddie baixinho.

Merda! Simon.

Ele olhou para o relógio e novamente para Maddie, muito tentado a ignorar o toque penetrante da campainha.

Maddie parecia tão quente, tão macia, tão pronta para o sexo que ele correu os dedos pelos cabelos frustrado. — Mas que merda. É Simon. — Ele a encarou com um olhar ardente. — Terminaremos isso depois.

Maddie se sentou, empurrando-o para longe gentilmente. — Nem pensar. Eles vão ficar aqui até sábado, não é?

— Sim. E daí? — Sam não se importava que ficassem, desde que Maddie estivesse com ele.

— Não vou dormir no seu quarto enquanto eles estiverem aqui. — Maddie fez uma careta para ele. — É o casamento deles, Sam. Não vou fazer nada que possa provocar alguma fofoca. Eles merecem esse tempo. E eu preciso de algum tempo para pensar. — Ela passou a mão pelos cabelos, mas aquilo só deixou os cachos mais selvagens.

Os olhos de Sam estudaram a aparência desgrenhada dela com satisfação masculina. Ela parecia uma mulher que acabara de ser atacada. — Você não precisa pensar. Só precisa dizer sim — respondeu ele em tom mal humorado.

Maddie saltou do sofá e segurou os cabelos em um rabo de cavalo. — Preciso daquela coisa de borracha.

Sam olhou para ela com expressão zombeteira. — Isso não parece certo saindo da boca de uma mulher. Na cozinha. Vou buscar.

— Não. Eu busco. Você abre a porta. Coitados, Simon e Kara estão parados lá fora, provavelmente imaginando onde você está.

— Eu estava prestes a ter o melhor momento da minha vida inteira. Chegou bem na hora, mano — resmungou Sam, encaminhando-se para a porta.

Maddie riu, cobrindo a boca com a mão para abafar o som. — Preciso pegar algumas coisas na minha casa. E pilhas novas — disse ela ao atravessar a sala.

Sam rosnou, observando-a andar para a cozinha, com aquele traseiro lindo rebolando de forma sensual dentro de uma calça *jeans* que ele nunca deveria ter pedido a David que comprasse. Era provocante demais e moldava o traseiro de forma perfeita.

Pilhas? Para que ela precisa...?

Ah, merda. O quanto um homem podia se sentir perdedor? Ele deu um sorriso amarelo ao andar na direção da porta da frente. Um ponto para Maddie. Ele lhe daria aquele ponto. Porque, no final, pretendia ganhar com uma grande vantagem.

Ele colocou a mão na maçaneta, tentando ajustar o pênis latejante antes de abrir a porta e afastar a visão de Maddie sentindo prazer com o vibrador.

— Você pagará por isso, doçura — sussurrou ele para si mesmo, abrindo um sorriso ao abrir a porta.

Sam esperara muito tempo para ter Maddie e, subitamente, não podia esperar mais. Ele conseguira uma segunda chance e, desta vez, não a deixaria ir embora, pois ninguém mais no mundo precisava dela tanto quanto Sam. E ninguém cuidaria dela como ele.

Com o pênis e a determinação firmes como aço, ele aumentou o sorriso ao cumprimentar Simon e Kara.

Capítulo 6

Maddie chorou no casamento. Não conseguiu se conter. Não foi possível ver Simon e Kara trocando os votos sem lágrimas de felicidade escorrendo dos olhos, com a alegria pela amiga quase ao ponto da dor. Quando o casal ficou virado um para o outro, Maddie observou o rosto de Simon, com Kara de costas enquanto recitava os votos para o quase marido. As emoções estavam desprotegidas no rosto de Simon ao repetir os votos em voz rouca e suave.

Ela e Sam eram os únicos padrinhos e o pequeno público era composto de amigos e familiares. O tempo cooperara e tudo fora preparado ao ar livre, com uma decoração exótica. Kara optara por uma cerimônia pequena, mas fora planejada uma recepção farta para depois do casamento, quando centenas de pessoas se reuniriam na casa elegante de Sam para cumprimentar o casal feliz.

Kara parecia uma princesa no vestido vitoriano de seda e renda fina. O estilo combinava com ela, que era alta e esbelta. O vestido era justo até a altura dos quadris e abria-se em uma saia ampla até o chão.

Maddie adorou o próprio vestido cor de esmeralda, com as mangas largas abaixo dos ombros e o decote amplo, um modelo ousado que a fizera estremecer ao vê-lo pela primeira vez. Mas, depois de experimentá-lo, ela se apaixonara pela cintura justa e a saia larga que descia até abaixo dos joelhos. Ele tinha um cinto de seda preto que flutuava nas costas em ondas brilhantes. O conjunto terminava com sapatos pretos de salto alto e Maddie sabia que estava com a melhor aparência possível em comparação a uma mulher alta e bela como Kara.

Maddie olhou para além do casal feliz para Sam, que estava com uma aparência de tirar o fôlego. Ele vestia um terno preto igual ao de Simon, que usava uma gravata borboleta. Sam usava uma gravata preta fina com listras finas cor de esmeralda, combinando com o vestido dela... e com os olhos maravilhosos dele. Tudo nele era urbano e sofisticado, até a postura e a expressão, um homem obviamente confortável com o ambiente.

Forçando-se a afastar os olhos de Sam, Maddie olhou novamente para Simon, observando-o se entregar a Kara.

Quando o padre chegou à parte da cerimônia em que perguntou se alguém tinha alguma objeção, Simon fez um som de desprezo.

Virando-se brevemente em direção ao homem, Simon informou ao padre em tom irritado: — Ela é minha, continue.

Maddie mordeu o lábio inferior para reprimir uma risada. Simon Hudson não era nada sutil em relação à possessividade que sentia por Kara. Os olhos de Maddie encontraram os de Sam e o coração dela deu um salto. Ela percebeu que ele reprimia um sorriso e os olhos dançavam divertidos. Eles se encararam, dividindo um momento de comunicação silenciosa, de diversão.

Finalmente, ao afastar o olhar de Sam, ela sentiu um arrepio gelado descendo pela espinha, a sensação de outro par de olhos sobre si. Estava em um casamento com pelo menos cinquenta convidados. As pessoas estavam assistindo. Mas Maddie virou a cabeça e seu olhar encontrou um homem na primeira fileira, de aparência perigosa, vestindo um terno caro, olhando diretamente para ela. O homem era bonito de uma forma intensa e primitiva, com cabelos avermelhados e olhos penetrantes que a encaravam com concentração. Incapaz de afastar o olhar, Maddie ficou atônita quando os lábios dele subitamente se abriram em um sorriso e ele piscou para ela. Havia algo tão magnético nele que ela não conseguiu evitar sorrir de volta.

Voltando a atenção novamente para Simon e Kara, ela assistiu com os olhos cheios de lágrimas quando o padre os pronunciou marido e mulher. Simon beijou a noiva, beijou novamente e finalmente parou quando Sam bateu-lhe nas costas ao lhe dar os parabéns, mas Maddie sabia que era, na verdade, para impedir que ele devorasse a esposa em frente aos convidados. Os olhos de Kara brilhavam por causa das lágrimas quando ela abraçou Maddie e pegou o buquê de volta. Sam ofereceu o braço e Maddie o segurou, seguindo o casal recém-casado.

— Vi Max comendo você com os olhos. Nem pense nisso — resmungou Sam baixinho, abrindo um sorriso largo para a multidão ao dizer aquilo.

— Quem é Max? — perguntou ela confusa enquanto andavam atrás de Kara e Simon.

— Maxwell Hamilton. O idiota que estava encarando você na primeira fileira. Ele não conseguia tirar os olhos de você. Não que eu o culpe. Mas é melhor que ele fique longe de você, senão, eu o matarei — rosnou Sam ao chegarem ao fim do corredor. Ele passou um braço possessivo pela cintura dela, puxando-a para perto de si.

Maddie nunca o encontrara, mas ouvira falar dele. Max Hamilton era outro homem que aparecia com muita frequência nas páginas de fofocas por causa do dinheiro e do poder que tinha. — Obviamente, vocês são amigos. Afinal, ele está aqui.

— Sim, ele é um amigo. Mas, neste momento, não gosto dele. Não gostei da forma como ele olhou para você — respondeu ele em tom seco. — Fazemos muitos negócios juntos.

As pessoas se encaminhavam para as tendas adoráveis que foram instaladas perto da praia com mesas de comida, um bar e um bolo gigantesco. O sol começava a se pôr e a área da recepção tinha uma aparência de conto de fadas. Maddie respirou fundo, sentindo o cheiro do ar salgado e úmido. — Tudo está tão lindo — disse ela com um suspiro.

— Sim. Tudo. Você está de tirar o fôlego, Maddie. Eu já lhe disse isso? — O olhar de Sam estava sobre ela, estudando-a, devorando o decote largo do vestido.

— Uma ou duas vezes — respondeu ela, corando enquanto ele continuava a encará-la. Na verdade, ele dissera aquilo pelo menos cinco vezes desde que ela descera a escada para ir para a área onde acontecera a cerimônia e, todas as vezes, Maddie sentira o rosto quente. Não eram as palavras que Sam dissera, era a forma como as dissera. Era como se estivesse dizendo que precisava fodê-la ou morrer, com um tom desesperado. O timbre da voz dele a deixava arrepiada e excitada.

— Como você usa um sutiã com esse vestido? — perguntou ele, com a voz rouca e desesperada ao tocar na manga delicada.

— Não uso — sussurrou ela de volta, olhando para ele com inocência fingida. — Não tem como.

Um som profundo e vibrante saiu da garganta dele, fazendo com que ela se arrepiasse. Ela só sentia aquele tipo de poder feminino com Sam.

— Pelo amor de Deus, Maddie. Já estou muito tenso por causa dos últimos dias. Não sei se aguento muito mais. — Ele estava com a mandíbula cerrada. — Por favor, não se incline para a frente. Todos os homens da recepção ficarão com a boca cheia d'água. Merda, preciso de uma bebida.

Ele pegou a mão de Maddie, envolvendo-a completamente, e entrelaçou os dedos com os dela de uma forma proprietária que fez com que seu coração saltasse de alegria. Todas as preparações do casamento tinham acontecido de forma incrivelmente tranquila, com tudo perfeitamente planejado. Observar Simon e Kara juntos nos dias anteriores fora pungentemente doloroso, mas encantador. Maddie não tinha dúvidas de que a amiga seria feliz com Simon. Os dois eram como duas metades, tão felizes juntos que era quase doloroso observar. Kara passara por tanta coisa, sofrera tanto. Maddie se sentia contente por Kara finalmente ter encontrado um homem que a fazia feliz. A amiga estava grávida, mas ainda não aparecia nada. Apesar de Maddie não achar que isso fosse possível, aquilo fazia com que Simon fosse ainda mais protetor e carinhoso com Kara. Eles seriam excelentes pais e o filho deles seria abençoado.

Sam a puxou pela mão, levando-a na direção da tenda de seda luxuosa mais próxima da água. — Sam, vá mais devagar, estou de salto alto — relembrou ela ao apertar a mão dele, apontando na direção dos pés. Eles cruzaram o gramado e ela não estava acostumada a usar saltos tão finos. Se ele não andasse mais devagar, ela acabaria torcendo o tornozelo.

Ele olhou para ela com remorso. — Desculpe, doçura. Esqueci como você é pequena. — Ele a pegou nos braços e segurou-a contra o peito. — Problema resolvido — disse ele, abrindo um sorriso malicioso. — Prefiro assim.

— Coloque-me no chão — disse ela mortificada. — Todo mundo está olhando. — Lutar com Sam era completamente inútil. A mão dela bateu nos músculos poderosos dos braços dele como se estivesse batendo em rocha sólida. A palma da mão de Maddie doeu mais do que o braço do homem.

Ele andou em direção à tenda, ignorando-a. — Deixe que olhem — respondeu ele sem se preocupar.

— Mas que droga, Sam. Está tentando me bolinar? — perguntou ela com expressão repreendedora, mas segurando um sorriso. Um dos braços musculosos estava sob os joelhos dela, mas ele o passou em volta das pernas, com a palma acariciando a coxa sob a saia fina do vestido.

— Sim. Estou tentando também espiar dentro do decote. Quando um cara está desesperado, aceita o que consegue. — Ele olhou para ela de forma arrogante e voltou a observar-lhe os seios de uma forma possessiva que a deixou arrepiada.

Maddie suspirou, inalando profundamente, deixando que o perfume masculino lhe invadisse os sentidos. *Meu Deus, o cheiro dele é tão bom.* Fechando os olhos por um momento, ela deixou o impacto de Sam penetrar em seu ser, passando os braços em volta dos ombros dele e acariciando os cachos sedosos em sua nuca. Estar perto dele novamente, sentir o corpo rígido contra o seu, era algo totalmente decadente. Tudo em Sam a atraía, fazia com que quisesse mergulhar nele, estar junto dele. Era uma sensação carnal que ela nunca sentira com outros homens. Era como se Sam estivesse emitindo feromônios e ela não conseguia ignorar o chamado envolvente.

— No que está pensando? — perguntou ele em voz baixa e sedutora.

Maddie abriu os olhos e encarou-o. — Em você — respondeu honestamente.

O olhar dele ficou intenso e ele a apertou com mais força. — Se não parar de me olhar desse jeito, vou levá-la para dentro da casa, tirar a sua roupa toda e trepar com você até que me implore para parar. Depois disso, vou começar tudo de novo — avisou ele com a voz rouca.

Ela absorveu aquele aviso masculino, adorando a intensidade dele. Naquele momento, o que ela mais queria era desafiá-lo a cumprir a ameaça. Mas sabia que ele aceitaria o desafio. — Estamos na recepção do casamento de Simon — relembrou ela. — Coloque-me no chão.

Ele a baixou até o chão, mantendo o vestido em volta das pernas para que não aparecesse nada. — Não quero soltar você. — Ele colocou-lhe os pés no chão, mas manteve os braços ao seu redor.

Maddie não precisava que Sam explicasse, pois sabia exatamente como ele se sentia. Estarem juntos novamente era quase como um sonho que ela não queria que terminasse. Eles sempre se deram muito bem, como duas peças de quebra-cabeça que se encaixavam quando estavam juntos. Era algo tão natural que chegava a ser assustador.

— Acho que preciso daquela bebida que você mencionou. — Ela precisava de alguma coisa, qualquer coisa, para conseguir se afastar de Sam.

— O que você quer? — perguntou ele, soltando-a com uma expressão sofredora.

Você. Dentro de mim. Agora.

— Não conheço muito sobre bebidas. Pode escolher. — Ela alisou o vestido ao passar a língua pelos lábios secos.

Sam colocou a mão nas costas dela, conduzindo-a até uma mesa elegante vazia. Depois de ajudá-la a se sentar de uma forma que deixaria qualquer mãe orgulhosa, ela observou quando ele andou até o bar. Estava com tanta sede que a língua parecia seca. Sam sempre causara aquela reação nela. Um olhar, um toque, um beijo... era o bastante para cativá-la.

— Olá — disse uma voz baixa acima dela.

Virando a cabeça, Maddie viu o mesmo homem que piscara para ela mais cedo durante a cerimônia com um sorriso largo no rosto encantador. E ele realmente era encantador. Maddie tinha certeza disso. Ele parecia o tipo de homem que conseguiria sair de qualquer situação constrangedora, mesmo se fosse culpado. — Olá — respondeu ela com cautela.

— Max Hamilton. Eu queria conhecê-la. — Ele estendeu a mão.

Maddie a apertou. — Maddie Reynolds. É um prazer conhecer você, sr. Hamilton.

— Por favor, chame-me de Max — disse ele suavemente, puxando a mão e sentando-se em frente a ela. — Dra. Reynolds? Kara e Simon falam muito bem de você.

— Pode me chamar de Maddie. — Ela estudou o rosto dele, encarando os olhos verdes e procurando algum sinal de malícia. Não havia nenhum. Ela não sabia por que Sam fora tão hostil em relação àquele homem. Ele parecia bastante inofensivo e muito simpático. Havia algo no sorriso dele, algo nele que a agradava.

— Foi um belo casamento — comentou ele casualmente com os lábios curvando-se em um sorriso leve.

— É um belo casal — acrescentou Maddie, devolvendo o sorriso.

— Você e Kara estão lindas, Maddie.

Ela inclinou a cabeça e olhou para ele, imaginando por que um homem como aquele estava sozinho. Ele era muito bonito e, ela sabia, muito rico. — Imagino que não tenha vindo acompanhado. Não vi você com ninguém. — Durante a cerimônia, ele estivera sentado ao lado de um homem mais velho e uma senhora que tinha idade para ser avó dele.

Ele balançou a cabeça lentamente, com os cabelos ruivos brilhando sob a luz das velas. — Não. Eu era casado. Perdi minha esposa há dois anos.

— Sinto muito. — Subitamente, Maddie desejou não ter perguntado. O rosto dele ficou sério e triste.

— E você? Nada de marido, namorado? Você e Sam estão juntos? Pareciam um tanto íntimos agora há pouco — observou ele com um tom divertido.

— Não sei — respondeu ela com sinceridade.

— Quer sair para jantar comigo, Maddie? — perguntou ele com expressão ansiosa.

Havia algo nos olhos dele, algo na voz que fez com que ela sentisse vontade de dizer sim. Talvez fosse o vazio que via em sua expressão ou a solidão que percebera por trás da aparência um tanto misteriosa.

— Sim, claro, eu adoraria. — Era só um jantar e ela não tinha motivos para recusar.

— Dê-me o número do seu telefone. — Ele tirou o celular do bolso.

Ela disse o número, terminando no momento em que Sam voltou à mesa com as bebidas.

Max sorriu, colocando o celular de volta no bolso e levantando-se.

— Sam. Como vai?

O rosto de Sam parecia feito de pedra, com uma expressão sombria.

— Eu estava muito bem até você começar a dar em cima da minha mulher — respondeu ele agressivamente ao colocar as bebidas sobre a mesa e encarar Max.

— Caramba, não seja grosseiro, Sam. Eu só estava me apresentando. — Max deu um passo à frente, como se estivesse pronto para brigar com Sam.

— Você deu a ele o número do seu telefone? — rosnou Sam, lançando um olhar desaprovador a Maddie.

— Sente-se, Sam. Max, foi um prazer conhecê-lo. — Ela sorriu para Max e lançou um olhar de advertência a Sam.

— Foi um prazer, Maddie. — Max apertou a mão dela novamente e inclinou-se para perguntar em voz baixa e preocupada: — Você está bem? Ele parece furioso.

Ela revirou os olhos. — Ele normalmente parece furioso. Estou bem.

— Falo com você mais tarde. — Max se afastou e Sam olhou para ele de forma beligerante que dizia que estava disposto a brigar.

Sam manteve os olhos cravados nas costas de Max e os punhos cerrados. Ele se sentou e bebeu metade do copo antes de falar. — Você não vai a lugar algum com ele. — Os dedos estavam apertados em volta do copo e os olhos, furiosos.

Maddie olhou para Sam e tomou um gole da bebida branca cremosa que ele lhe trouxera. — Hmm, é gostoso. O que é?

— *White Russian* — respondeu ele em tom ríspido. — Você me ouviu, Madeline?

— Vou ignorá-lo até que faça alguma coisa que não seja me dar ordens. Não gosto disso. — Ela tomou outro gole, desfrutando do gosto suave da bebida.

— Hamilton não serve para você, Maddie. Ele nunca superou a morte da esposa. Ele a deixaria infeliz — rosnou ele, bebendo o restante da bebida.

— Ele parece tão solitário — respondeu ela em tom triste.

— Ele é e sinto muito pela dor dele, mas você não é a resposta — retrucou ele. — Já está comprometida com um homem que precisa de você desesperadamente. Você é minha, doçura. Sempre foi.

Ela olhou para os belos olhos de Sam e mergulhou nas profundezas deles, completamente incapaz de negar que pertencia a ele. O olhar dele parecia desconsolado e feroz, uma combinação que fez com que ela quisesse apertá-lo para tentar afastar a dor. — Não pode simplesmente me dar ordens e esperar que eu obedeça cegamente, Sam. Eu tomo as minhas próprias decisões. Sempre fiz isso. Não sou a jovem ingênua que você conheceu no passado. — Ela tomou um gole da bebida, observando-o totalmente fascinada.

Maddie percebeu uma camada fina de suor que lhe cobria o rosto e as emoções mal controladas perto da superfície. Ele se levantou e pegou a mão dela, ajudando-a a se levantar.

— Vamos dançar. — Não foi um pedido. Foi uma ordem.

Maddie soltou o copo quase vazio sobre a mesa e seguiu-o.

Capítulo 7

Dançar com Sam era como fazer amor na pista de dança. Ele a tocou, acariciou, seduziu, sussurrou coisas picantes em seu ouvido até que ela sentiu o corpo em chamas e a calcinha totalmente molhada. Quando saíram da pista de dança depois de várias músicas, Maddie estava praticamente sem fôlego.

Kara cortou o bolo e jogou o buquê, que pareceu voar diretamente para as mãos de Maddie, apesar de ela nem ter tentado pegá-lo. Simon nem tentou jogar a cinta-liga de Kara. Ele a colocou no bolso de Sam com um sorriso malicioso e saiu com a noiva para um local privativo. Surpreendentemente, Sam aceitou a cinta-liga com um sorriso largo e bateu nas costas do irmão mais novo, causando um olhar perplexo no rosto de Simon.

— Nosso dever acabou. Vamos dar uma volta — disse Sam com voz grave ao parar ao lado dela. Eles tinham copos na mão e observavam as pessoas lentamente indo embora.

Maddie não perguntou aonde iriam. Não importava. A mão dela segurou a dele de forma confortável e ela o seguiu para onde ele queria levá-la.

Ele andou lentamente pelo gramado, soltando a mão de Maddie e passando o braço pela cintura dela. Eles chegaram a um caminho de pedras e ele acenou com a cabeça para um agente de segurança da Hudson. — Não deixe ninguém mais vir aqui hoje à noite — instruiu Sam ao agente em voz baixa ao passar com Maddie pelo homem mais velho.

— Sim, sr. Hudson. Pode deixar comigo — respondeu o guarda.

Estava escuro, provavelmente para manter os convidados longe das áreas em que Sam não os queria. Maddie soltou uma exclamação ao saírem do caminho. O luar iluminava a doca privativa e a água da baía, uma visão incrível, com os pontos distantes de luz e a beleza das estrelas. — É lindo. Esta doca é sua?

— Sim. É minha e é particular — respondeu ele em tom ameaçador.

Maddie subiu na doca, tomando cuidado para que os saltos não ficassem presos nas tábuas. — Então, foi aqui que você avançou em Kara? — perguntou ela, tentando não deixar o ciúme transparecer por ele ter dado em cima da amiga.

— Não era Kara que eu queria. Eu estava bêbado e provavelmente com inveja da felicidade de Simon. Não sabia que ele era sério em relação a ela e, se eu não tivesse bebido, aquilo nunca teria acontecido — respondeu ele ao pegar Maddie nos braços. — Mesmo se ela tivesse concordado, ainda assim não teria acontecido nada. Eu estava bêbado demais para fazer alguma coisa e, quando fiquei sóbrio, não queria ficar com ela. Kara não é o meu tipo.

Ela queria objetar ao fato de Sam estar carregando-a, aguentando seu peso, mas ele não parecia estar fazendo esforço nenhum, percorrendo o caminho até uma estrutura mais adiante na doca de madeira. Ela passou os braços em volta do pescoço dele e repousou a cabeça em seu ombro, sabendo que conseguiria se acostumar com aquilo muito facilmente. Sam era um alfa muito atraente que atraía tudo o que havia de feminino dentro dela de tal forma que ela só queria derreter em seus braços e deixá-lo protegê-la por algum tempo.

— E qual é o seu tipo? — perguntou ela curiosa.

— Uma ruiva linda e pequena que adora me provocar — respondeu ele, chegando à estrutura e subindo uma escada.

Maddie ficou boquiaberta em choque quando ele chegou ao topo, abrindo uma porta com o ombro. O piso superior era telado para manter os insetos afastados e uma parede inteira era feita de vidro, oferecendo uma vista incrível da água. — Isto é inacreditável — sussurrou ela quando Sam a colocou no chão.

Obviamente, alguém o esperava. O local era decorado com mobílias de couro, mas havia velas acesas em cada mesa e uma garrafa de champanhe dentro de um balde de gelo com dois copos altos ao lado de uma espreguiçadeira larga, coberta de almofadas.

— Passo muito tempo aqui. É silencioso e pacífico — disse Sam casualmente, tirando o casaco e jogando-o sobre uma cadeira. — Gosto de olhar para a água.

— Mas você não tem um barco? — perguntou Maddie, percebendo a ausência de barcos presos à doca.

Ele deu de ombros ao se deitar na espreguiçadeira. — Nunca precisei de um. Posso ficar na água bem aqui. — Ele abriu os braços para ela. — Venha cá. Quero discutir aquele seu comentário sobre pilhas e como isso me afetou nos últimos dias.

Maddie mordeu o lábio inferior nervosamente. Na verdade, o que Sam queria dizer era que buscava vingança, um troco que provavelmente envolveria beijos de tirar o fôlego e tortura erótica.

Ela olhou de relance para a porta.

— Nem pense nisso. Consigo me levantar e pegar você em questão de segundos, especialmente com esses sapatos — comentou ele de forma razoável, mas com um tom perigoso. — Ou vem até aqui ou busco você aí.

Ela suspirou, pois sabia que não queria realmente fugir. Tirando os sapatos, ela se sentou na espreguiçadeira e foi imediatamente envolvida por braços fortes que a seguraram com força contra um peito igualmente musculoso. — Você é tão mandão — comentou ela com um tom rabugento.

— Sempre fui. Só agora que você notou? Simon começou a me acusar disso na infância, quando começou a falar — retrucou ele com voz divertida.

Na realidade, a atitude autoritária de Sam fora algo que ela sempre admirara nele, mas agora era totalmente diferente. Ela supôs que tivesse muito a ver com o sucesso dele. — Você está diferente agora

— comentou ela. Ele era sofisticado e educado, mas ela não tinha certeza se mudara tanto por dentro. Ainda era emocionalmente rígido como fora tantos anos antes. Mas aprendera a cobrir aquilo com um exterior suave.

— E isso é bom ou ruim? — perguntou ele, com a mão subindo e descendo pelo braço nu de Maddie, causando arrepios.

— Nenhum dos dois — respondeu ela, quase certa de que, sob a riqueza e a sofisticação, ele era praticamente o mesmo homem. Aquilo era, ao mesmo tempo, assustador e reconfortante.

— E as pilhas novas, estão funcionando direitinho, Madeline? — perguntou ele em voz baixa e rouca.

Ela franziu a testa ao agarrar a gravata dele. — Elas são... ahm... muito estimulantes.

— Tive que lutar comigo mesmo todas as noites para não derrubar a porta do quarto de hóspedes, tirar a sua roupa e foder você até que gritasse de prazer. Bati punheta todas as noites pensando em você sentindo prazer sozinha. — A voz dele soou desesperada e ele puxou a manga do vestido dela mais para baixo. — Hoje, tive que tentar esconder meu pau duro a tarde e a noite inteiras ao vê-la neste vestido provocante, especialmente depois de descobrir que não estava usando sutiã, que seus seios estavam nus esperando para serem tocados pelos meus dedos e minha boca. — O decote do vestido começou a descer quando ele continuou a puxá-lo. A mão de Sam entrou pelo corpete pelo lado, abrindo caminho entre o material do vestido e o seio nu.

Maddie se sentiu invadida pelo calor, com os mamilos já rígidos e sensíveis por causa das palavras eróticas dele. Ela gemeu quando ele segurou o seio possessivamente, beliscando o mamilo de leve. — Sam — murmurou ela com uma voz que mal reconheceu como sendo sua.

Ele a rolou para debaixo de si em uma manobra suave que fez com que ela o encarasse saudosamente. Ela sentiu a respiração acelerar ao perceber o desejo e a necessidade brilhando nos olhos cor de esmeralda, uma visão que quisera ter por tanto tempo com aquele homem, uma fantasia erótica que se transformava em realidade. — Você é minha, Madeline. Sempre foi e sempre será. Talvez me faça perder o juízo, mas pelo menos serei um maluco feliz.

Sim. Sim. Sim.

Todo o seu ser precisava de Sam Hudson e somente dele. A atitude dominadora dele a deixava excitada e seu cheiro a envolvia em um desejo carnal. — Então me tome, Sam. — Ela não queria mais esperar, não questionaria mais. Só havia aquele homem para ela. Ele sempre fora o único.

— Você vai casar comigo, Maddie. Prometa que sim — exigiu ele, com as mãos puxando as mangas pelos braços, abaixando a parte de cima do vestido até que os seios estivessem livres. Os braços ficaram presos nos lados do corpo pelas mangas.

— Vou pensar no assunto — concordou ela, gemendo quando ele abaixou a boca sobre os seios, com as mãos empurrando-os para que ficassem juntos e ele pudesse trocar facilmente de um para o outro. Ele mordeu gentilmente um dos mamilos, chupou-o de forma muito erótica e passou para o outro, repetidamente, até que Maddie estava quase louca com o tormento cheio de prazer.

— Prometa — ordenou ele, lambendo o mamilo.

Ela moveu os quadris, tentando se aproximar mais da ereção dele, precisando encostar nele, precisando ser preenchida. — Pelo amor de Deus, quero que me foda. Podemos falar sobre o resto depois — disse ela veementemente ao puxar os braços, rasgando as mangas sem um pingo de arrependimento, para soltar as mãos e poder tocá-lo.

Ela enterrou os dedos nos cabelos cacheados de Sam, segurando-lhe a cabeça contra o seio, incentivando-o a lhe dar mais. Movendo os dedos trêmulos pelas costas dele, ela passou os braços em volta de sua cintura e esfregou-se contra ele desesperada.

Afastando a cabeça dos seios dela, Sam a beijou intensamente, uma reivindicação dominante que fez com que ela gemesse, esfregando a boceta com mais força nele. O abraço de Sam era selvagem, as mãos seguravam-lhe a nuca e os dedos desesperados arrancavam os prendedores dos cabelos, mantendo-a imóvel para que fosse possuída. As línguas dançavam em um duelo faminto e primitivo.

Com um gemido atormentado, Sam ficou de joelhos, tirou a gravata e arrancou o colete, sem nem se preocupar em parar para abrir os botões. A camisa teve o mesmo destino e juntou-se à pilha de itens descartados no chão sem cuidado algum. Maddie se sentou e Sam imediatamente encontrou o zíper na parte de trás do vestido, abriu-o, puxou o vestido até a cintura dela e, quando ela ergueu os quadris, terminou de tirá-lo.

— Meu Deus, Maddie! Você é a visão mais linda do mundo. Nada chega nem perto — rosnou ele, levantando-se para tirar o restante das roupas. Seus olhos não se afastaram dela quando Maddie se reclinou novamente na espreguiçadeira. Ele a encarou abertamente ao tirar a calça, as meias e a cueca, com os olhos emanando um desejo intenso.

Ela ficou boquiaberta ao ver o pênis ereto e imenso contra o abdômen bem definido, sentindo a boceta palpitar de desejo. Sam tinha um corpo que provavelmente assombrava as fantasias de qualquer mulher. Grande, musculoso e perfeito. Para ela, ele era completo. Era o Sam dela, incluindo o olhar intenso e erótico com que a estudava.

Com pouca autoestima, ela deveria ter se sentido constrangida, mas não estava. Sam gostava do corpo cheio de curvas que tinha e ela estava em excelente forma, pois fazia exercícios várias vezes por semana. Vendo o olhar no rosto dele, ela não se arrependeu de nenhuma das próprias curvas. Ele obviamente apreciava os quadris largos e os seios fartos. Ele a fazia se sentir como uma deusa do sexo, uma sensação muito incomum e erótica.

— Quero você — implorou ela, estendendo os braços para ele. Ela precisava sentir o corpo dele contra o seu, preenchendo-a.

— Não, eu que quero você — disse ele em tom malicioso. — Estou louco para sentir o seu gosto e é isso que vou fazer.

Subindo na espreguiçadeira, ele se posicionou entre as coxas dela, abrindo-lhe as pernas. Ela usava uma calcinha verde transparente e meias até a altura das coxas, com renda na parte de cima.

Subitamente nervosa, ela gaguejou: — Sam, eu... eu não... nunca...

— Nunca deixou que um cara fizesse isso com você? — perguntou ele com os dedos acariciando a pele exposta da parte de cima da coxa.

— Nunca pediram — gemeu ela quando a língua dele tomou o lugar dos dedos, percorrendo a pele da coxa em movimentos lentos e sensuais.

— Ótimo — respondeu ele com satisfação. — E não estou pedindo, doçura. Estou tomando o que é meu. O que sempre foi meu.

Ela não conseguiu dizer mais nada quando ele passou a língua sobre a calcinha, acariciando as dobras molhadas por cima do tecido fino. Trêmula, ela enterrou os dedos nos cabelos dele, sem saber ao certo se conseguiria aguentar mais. — Por favor, Sam. Preciso de você.

— Você me tem, Maddie. Sempre teve — respondeu ele com voz rouca.

Com um puxão rápido e um som alto, a calcinha se rasgou, fazendo com que ela se sentisse aliviada, pois indicava um passo mais perto da comunhão. O primeiro toque da boca de Sam provocou agonia e êxtase, sensações totalmente diferentes do que jamais sentira. Subitamente, ela ficou feliz por Sam ser o primeiro a fazer aquilo, pois era um ato tão íntimo que teria sido um sacrilégio com qualquer outro homem. Mas não com Sam, nunca com ele. A única coisa que ela sentia com Sam era a necessidade de mais. Ela acariciou-lhe os cabelos com um gemido quando a língua a percorreu debaixo para cima, hesitando em volta do clitóris, circulando-o até que sentiu vontade de gritar.

— Por favor, por favor — implorou ela com a respiração pesada, arqueando as costas quando os dedos dele se juntaram à boca, segurando as dobras abertas com uma mão e colocando o dedo indicador da outra na abertura apertada.

Sim. Sim. Preencha-me. Estou me sentindo tão vazia.

Inserindo um segundo dedo, ele falou baixinho: — Nossa, Maddie. Você é tão apertada e gostosa.

Acontecera muitos anos antes e ela era apertada, mas a sensação era inacreditavelmente boa. Ela ergueu os quadris, pedindo mais. — Faça-me gozar. Por favor. — O corpo estava prestes a entrar em combustão e ela já estava coberta de suor, com cada célula implorando a liberação.

Ela agarrou a cabeça dele, puxando-o para mais perto da boceta, precisando gozar.

Ele moveu a língua sobre o clitóris e começou a devorá-lo, lambendo e sugando, saboreando o gosto dela com um gemido faminto. Os dedos a penetravam em um ritmo selvagem e abandonado enquanto ele estimulava o clitóris com a língua e os lábios.

— Sam, ai, meu Deus, sim — sibilou ela, sentindo o corpo inteiro se contrair quando o orgasmo a atingiu. Ela se fechou em volta dos dedos dele enquanto o corpo pulsava e estremecia com o clímax poderoso.

Maddie agarrou e soltou os cabelos dele, estremecendo quando os cachos sedosos passaram pelos dedos.

Incrível.

Cada um dos nervos estava hipersensível. Respirando pesadamente, ela se acalmou lentamente enquanto Sam continuava a lamber cada gota do orgasmo, estendendo-lhe o prazer até que não aguentasse mais.

Quando ele se ajoelhou, Maddie viu as veias do pênis intumescido e o rosto dele, tão ardente e primitivo que ela sentiu espasmos de desejo de tê-lo dentro de si.

Querendo dar a ele o mesmo prazer que lhe dera, ela estendeu a mão para o membro enorme, para sentir a textura macia sob os dedos. Ela se sentou, encostando nele, tocando na cabeça úmida com um suspiro.

— Não. Maddie, não. — Sam agarrou o pulso dela com tanta força que a assustou. Olhando para o rosto de Sam, a expressão dele a impediu de colocar a boca sobre o pênis. Ele parecia ansioso e em pânico. Aquele olhar durou alguns segundos e desapareceu, sendo seguido por uma expressão de remorso.

Ele afrouxou a mão em volta do pulso de Maddie e abaixou o corpo ardente até ela. — Desculpe. Algumas vezes, eu só não gosto de ser... tocado. — A voz dele tinha um toque de frustração.

Ela tirou o pulso da mão dele e passou os braços em volta de seu pescoço. — Posso tocar em você assim? — Ela enrolou as pernas em volta da cintura de Sam e encostou os seios no peito dele. Em seguida, correu os dedos pelos músculos rígidos das costas de Sam até a cintura e novamente para cima.

— Ah, caralho, sim. Toque em mim desse jeito — gemeu ele com voz torturada.

— Preciso de você, Sam.

— Também preciso de você, doçura. Agora. — Ele se abaixou e posicionou-se na entrada estreita. — Você é tão apertada. Não quero machucá-la. — Ele colocou a ponta dentro dela e ela o ouviu gemer, com o corpo suado pela tensão de se conter.

— Quero que me foda, Sam. Agora. Não vá devagar nem seja gentil. Preciso de você. — Ela queria que ele a penetrasse, preenchendo-a totalmente. Não se importava se era apertada. Precisava que ele a penetrasse imediatamente.

Ele a penetrou com uma investida forte, enterrando-se no canal apertado. Maddie gemeu, abrindo-se ao máximo, preenchida por Sam. Naquele momento, nada mais existia no mundo lá fora. Só havia o desejo pelo homem que a tomava, que a reivindicava, que dominava seu corpo.

— Sonhei com isto, Maddie. Tantas vezes — gaguejou ele ao sair e penetrá-la novamente. — Nunca pareceu tão bom nos sonhos.

— Nem nos meus — ofegou ela, apertando ainda mais as pernas em volta da cintura dele, pedindo mais. — Vamos, Sam, faça com que aqueles sonhos finalmente sejam reais.

Tudo era primitivo, carnal e desesperado. Sam a penetrou profunda e repetidamente, agarrando-lhe as nádegas para que ficassem mais perto um do outro. O ar estava pesado e os corpos suados dançavam juntos em um voo erótico até chegarem ao clímax.

— Goze para mim, doçura. Goze para mim. Quero ver você gozando desta vez.

Aquelas palavras a levaram à loucura e o orgasmo a invadiu como uma tempestade violenta. Agarrando-se a Sam, enterrando as unhas nas costas dele, ela explodiu, gritando quando os músculos se contraíram em volta do pênis, envolvendo-o em um calor selvagem.

Ela arqueou as costas, sentindo o atrito dos pelos do peito de Sam nos seios, e o corpo estremeceu. Jogando a cabeça para trás, ela gritou o nome dele quando o mundo desapareceu. A única coisa que existia era o homem em quem se agarrava. O corpo musculoso era a única coisa que a impedia de se perder no espaço.

O orgasmo de Sam veio logo depois com um gemido agoniado e o calor dele a invadiu quando o corpo estremeceu sobre o seu.

— Caralho. Puta merda. — Ele caiu sobre ela, com a respiração ofegante e pesada. — Merda, vou esmagar você. — Ele rolou de costas ao lado de Maddie, puxando-a para perto e passando os braços em volta dela.

Eles ficaram em silêncio enquanto sentiam o coração voltar ao normal e o corpo lentamente se acalmar depois do orgasmo. Maddie deitou a cabeça no peito dele, com o corpo mais saciado e feliz do que jamais sentira.

— Não usamos camisinha — disse ela finalmente em tom preocupado.

— Eu lhe dei meus registros médicos — respondeu ele com voz ligeiramente rouca.

Ela não lera os registros, mas não estava preocupada com doenças. Ele não teria lhe dado os registros médicos se não fossem todos negativos. — Eu não lhe dei os meus — comentou ela com um suspiro.

— Então, acho que pegarei o que você tiver. Se for fatal, morrerei com você — respondeu ele completamente sério. — Não posso mais ficar sem você, Maddie. Dói demais.

Maddie engoliu um nó que surgiu na garganta. Ela se sentia da mesma forma. Viver sem Sam fora como viver no escuro, esperando que a luz do dia chegasse. — Estou limpa. Mas não estou tomando anticoncepcional. Acho que não estou no período fértil, mas, mesmo assim, foi um descuido. Sou médica, caramba.

— Não faz mal, você vai casar comigo — retrucou ele, rolando o corpo para prender o dela sob si. — Você vai casar comigo, Maddie. — Não era uma pergunta. Era uma exigência.

Ela sorriu, encarando o macho alfa sobre si, tão masculino naquela atitude dominadora. — Já disse que discutiremos isso depois.

— Já é depois. E você é minha — disse ele possessivamente.

— Veremos — murmurou ela, puxando-o para beijá-lo de forma carinhosa que rapidamente ficou apaixonada. Beijar Sam era como acender uma chama em um latão de gasolina. A ignição era quase imediata e muito quente.

— Está tentando mudar de assunto? — perguntou Sam quando se ergueu para recuperar o fôlego.

— Na verdade, não. Estava só tentando recuperar o tempo perdido — respondeu ela em tom sedutor.

— Achei que você não gostava de sexo — relembrou ele com voz cheia de desejo.

— Estou começando a mudar de opinião. — Ela correu a sola do pé pelo tornozelo dele.

— Acho que preciso ajudar você a dar uma reviravolta completa — respondeu ele.

— Você sempre consegue tudo o que decide fazer? — Ela o encarou com um olhar tórrido.

— É claro que sim — respondeu ele agressivamente, enterrando os dedos nos cabelos fogosos desgrenhados dela.

Quando ele a dominou com apenas um beijo, Maddie teve certeza de que ele tinha razão.

Capítulo 8

Sam pediu você em casamento? — gritou Kara feliz ao abraçar Maddie, esquecendo totalmente das malas.

Maddie abraçou a amiga de volta. — Ahm... eu não diria que foi exatamente um pedido. Foi mais um ultimato.

Kara riu baixinho, sentando-se na cama ao lado da mala e olhando para Maddie. — É claro. Ele é um Hudson. Acho que dominar o mundo está nos genes deles, especialmente no de Sam. E os dois têm uma sobrecarga enorme de instinto protetor com as mulheres que amam.

Maddie trocou um sorriso conhecedor com Kara. Depois que ela e Sam voltaram para a casa e subiram a escada, tinham se separado. Sam explicara que tinha que resolver alguns negócios com Simon antes que ele partisse com Kara para a lua de mel. Maddie tomara um banho rápido e fora se despedir de Kara. Logo, contara tudo à amiga, precisando desesperadamente conversar com ela sobre Sam. Kara provavelmente era uma das poucas pessoas que entendia os homens Hudson.

— Ele nunca disse que me amava. E é mais uma proposta de negócios do que um casamento — respondeu Maddie com o coração pesado. No momento em que saíram da doca, ela sentira Sam se afastar. A proximidade que encontraram nos braços um do outro desaparecera.

— Maddie, sempre foi bastante óbvio que você e Sam tinham alguma coisa, algo que nunca terminou para nenhum dos dois. Posso confirmar que a história sobre ele ajudar o FBI é verdadeira. Simon me contou sobre Sam ajudar a acabar com a organização. Simon sempre admirou Sam por isso. Mas eles precisavam ser protegidos por algum tempo. Não tenho dúvida alguma de que tudo que Sam disse é verdade — disse Kara em tom suave. — Apesar de todas as falhas que tem, Sam é um homem bom. O que você vai fazer?

— Eu não sei — respondeu Maddie sinceramente. — Ele está me pressionando e preciso de tempo. Ora, nem mesmo nos conhecemos mais. Nosso relacionamento aconteceu há muitos anos. Mal éramos adultos. Aconteceu tanta coisa desde então. Nós dois mudamos.

— Bem, posso lhe dizer, por experiência própria, que paciência não é uma virtude dos Hudson — comentou Kara com uma risada.

Maddie revirou os olhos. — Descobri isso há muito tempo. — Ela acenou com a mão para a mala aberta. — Por falar nisso, amiga, é melhor terminar de arrumar a mala.

Kara se levantou com um olhar suave e acolhedor ao falar. — Maddie, duvido que Sam e Simon tivessem sobrevivido à infância que tiveram sem alguns danos secundários. Não dê atenção às palavras de Sam. Olhe para dentro do coração dele.

— Não sei se ele deixará que eu entre lá — admitiu Maddie. — Não entendo nada disso. Tudo está acontecendo depressa demais.

Kara dobrou uma calça *jeans* e colocou-a dentro da mala. — Não acho. Não acho que Sam tenha esquecido você. Para ele, nunca terminou.

— Não acho que tenha terminado para mim também — sussurrou Maddie, sabendo que o que dizia era verdade. Talvez Sam tivesse mudado durante aqueles anos, mas ainda era... Sam. Ela conseguira resistir enquanto achara que ele a traíra, quando achara que amava um homem que nunca existira. Agora que sabia que ele tentara protegê-la, que a quisera, impedir-se de cair novamente na teia de calor escaldante e necessidade desesperada era praticamente impossível.

— Dê uma chance a ele. Sam sempre foi inquieto, infeliz. Ele esconde muito bem, mas sofre muito — comentou Kara em tom implorante. — Quero que vocês dois sejam felizes.

Maddie suspirou. — Tentarei fazer com que as coisas andem mais devagar para podermos nos conhecer de novo.

Kara fez uma careta. — Boa sorte. Quando um Hudson decide que quer alguma coisa, ele a toma. E coitada da mulher se protestar.

— Você aprendeu a lidar com Simon — relembrou Maddie em tom divertido.

— Ele só me deixa pensar que consigo manipulá-lo. Mas não é verdade. Ele me pacifica, mas é muito traiçoeiro — respondeu Kara com a voz cheia de amor.

— Você consegue se acostumar com isso? Alguém que a queira tanto? — perguntou Maddie pensativa.

— Ah, sim. É muito viciante. Que mulher não quer saber que é o centro do mundo de seu homem? — respondeu Kara com expressão sonhadora. — Passei de completamente sozinha para totalmente feliz. Prefiro a obsessão de Simon em qualquer momento a um homem que não dá a mínima. Ele me ama e aquela obsessão faz com que eu me sinta segura, protegida, querida. Talvez algumas das coisas que ele faz sejam um pouco exageradas, mas não me importo. Na verdade, eu adoro. Tudo o que importa é o quanto nós nos amamos.

Maddie estremeceu, sabendo que se sentia da mesma forma. A atitude dominante e superprotetora de Sam era muito excitante. Maddie se sentira indesejada a vida inteira e o desespero de Sam por ela a deixava totalmente louca, querendo-o da mesma forma desarmada. — Talvez seja isso que me incomoda. Seria muito fácil eu ficar viciada nele.

Kara riu e deu uma piscadela ao fechar a mala. — Então fique viciada. Mergulhe de cabeça. Duvido que ele pare. A teimosia é outro traço dos Hudson. Quando decidem o que querem, não param até conseguir.

Maddie não contou a Kara que já experimentara aquele desejo sedutor. — Vou sentir sua falta. — Ela deu um abraço apertado na amiga. — Divirta-se.

Simon e Kara passariam a lua de mel em uma viagem de três semanas pelo Reino Unido e pela Europa e Maddie estava feliz pela amiga. Kara não tivera uma vida fácil e merecia o melhor.

— Eu telefono para você — disse Kara ao abraçar Maddie. — Não vou aguentar ficar nesse suspense. Preciso saber o que está acontecendo.

— Acho que eu mesma terei que descobrir o que está acontecendo antes que possa lhe dizer alguma coisa — disse Maddie rindo ao soltar a amiga.

Kara colocou as mãos na cintura, lançando um olhar desaprovador a Maddie. — Pelo menos, aceite o dinheiro para a clínica. Você sabe que quer.

Infelizmente, Maddie sabia que queria aceitar a proposta inteira de Sam. Só não sabia se o coração sobreviveria a isso.

— Se você a quer, case com ela.

Sam olhou para o irmão Simon, desejando que fosse tão fácil assim. — Eu vou me casar com ela. Já disse isso a ela.

— Ahm... você a pediu em casamento? De verdade? — perguntou Simon em tom incerto.

— Não. Eu disse a ela que ia se casar comigo. Ela teve anos para encontrar outra pessoa e não encontrou. Agora, vai ficar comigo. Pelo menos, não vou tratá-la mal e posso lhe dar tudo o que ela quer. Em algum momento, ela superará o fato de que me odeia. — *Espero.*

Quando Sam se afastara de Maddie, fora até a biblioteca e contara tudo a Simon, pois precisava de uma opinião masculina.

— Mas que merda. Eu, pelo menos, pedi a Kara que se casasse comigo. Não pretendia deixar que recusasse, mas pelo menos pedi — resmungou Simon, lançando um olhar perturbado ao irmão mais velho.

— Eu disse a ela que quero que se case comigo. É a mesma merda — respondeu Sam irritado.

— Ahm... não exatamente, mano — respondeu Simon. — Não acho que Maddie seja o tipo de mulher que queira que alguém lhe diga o que fazer. Ela é meio parecida com Kara nesse sentido. Você terá que deixar Maddie pensar que está no comando de vez em quando.

— Por quê? — perguntou Sam, lançando um olhar desgostoso ao irmão. — Se eu fizer isso, ela poderá ir embora. Não pretendo deixá-la escapar desta vez. Ela vai se casar comigo.

Simon assentiu enfaticamente. — Certo. Bem, nesse caso, você não tem opção. Terá que fazer com que ela se case com você.

— Ah, caramba. Estou mesmo ouvindo meus dois filhos discutindo casamento como se estivessem negociando alguma coisa na Idade da Pedra? Samuel Hudson, você cortejará aquela mulher da forma adequada e depois pedirá polidamente que ela se case com você. — A mãe deles, Helen Hudson, entrou no aposento, lançando um olhar ríspido a Sam.

Ai, merda. Odeio aquele olhar. Faz com que eu me sinta com cinco anos de idade.

Sam abriu um sorriso charmoso para a mãe, apesar de saber que não daria certo. A mãe o conhecia muito bem. — Só estávamos discutindo as possíveis opções, mamãe.

Helen andou até ele e ergueu o rosto para encará-lo nos olhos. Era estranho, mas, apesar de a mãe precisar olhar para cima para encará-lo agora, aquela expressão ainda o fazia ter vontade de se contorcer como uma criança levada.

— Trate aquela mulher direito, senão perderá sua chance — avisou ela em tom firme. — Vi o seu jeito perto dela hoje. Você precisa dela.

Sam não tinha como argumentar. Ele decididamente precisava de Maddie. O problema era... como colocá-la onde ele a queria.

Simon estava sentado atrás da mesa, com a mãe de costas para ele, e Sam o viu sorrir.

— E não seja convencido, Simon. Você se casou com uma mulher maravilhosa hoje. Precisa tratá-la muito bem — recriminou Helen, sem nem mesmo se virar, fazendo com que Simon se endireitasse na cadeira e tirasse o sorriso do rosto.

Sam olhou para a mãe com afeição. A mulher realmente tinha olhos na nuca.

— Eu trato Kara como uma princesa — objetou Simon, empurrando a cadeira para trás.

— E espero que continue assim — respondeu a mãe.

Helen ainda usava a roupa do casamento, um vestido azul-marinho com sapatos da mesma cor que lhe davam uma aparência estonteante. Os cabelos loiros ainda estavam presos e ela não parecia nem um pouco cansada depois do longo dia, pois ajudara do nascer do sol até aquele momento. Apesar de Sam ter lhe dito para ir para casa, ela ficara para supervisionar a limpeza.

Eu devia ter me lembrado de que ela ainda estava aqui. Teria fechado a porta.

Cruzando os braços sobre o peito impacientemente, Helen perguntou: — Ouvi... ou não ouvi você dizer que pretende fazer com que aquela garota se case com você, Samuel?

Mas que merda. Ele estava realmente encrencado, ela o estava chamando de Samuel.

— Ela vai se casar comigo — respondeu ele teimoso.

— Ela é educada, inteligente e linda. Pare de tratá-la como se tivesse genes de homem das cavernas e talvez tenha sucesso. Não pode simplesmente bater com um pedaço de pau na cabeça dela e arrastá-la até sua caverna. Ele merece seu respeito — repreendeu Helen.

— Eu a respeito. Caso contrário, não iria querer casar com ela — argumentou Sam.

— Então trate-a bem e pare de agir como um idiota — retrucou Helen. — Eu gostaria de ver você tão feliz quanto Simon, Sam — terminou ela em voz baixa. Ela ergueu a palma e colocou-a sobre o rosto dele. — Vocês dois merecem ser felizes.

Sam se inclinou e beijou o rosto da mãe. Helen Hudson não tivera uma vida fácil e dera a ele e a Simon tudo o que conseguira enquanto os criava, incluindo um amor incondicional. Ele sabia que ela queria que fosse feliz.

— Estamos prontos? — Kara entrou no aposento, pronta para a viagem, vestindo *jeans*, um blusão bonito e botas de cano alto, com Maddie logo atrás.

Simon saltou da cadeira tão depressa que quase caiu. — Sim. Estou pronto, querida. Vamos.

Sam quase caiu na gargalhada com a ansiedade de Simon. Ele sabia que o irmão não só estava pronto para começar a lua de mel, como impaciente para se afastar da mãe, que estava em um dos raros momentos de bronca.

Maddie parou ao lado de Kara. Ela tomara um banho e vestira *jeans* e outra camiseta justa. As três mulheres deram os braços e andaram na direção da porta, dando beijos e abraços como se nunca mais fossem se ver. Kara era amiga da mãe dele havia anos e Maddie se tornara um tanto próxima dela no ano anterior.

Sam começou a segui-las, disposto a fazer com que todos fossem embora. Queria ficar sozinho com Maddie.

Simon agarrou o braço dele e disse baixinho: — Eu recomendo seguir o plano. Use um pedaço de pau, se for preciso.

Sam assentiu, hipnotizado pelos quadris de Maddie que rebolavam suavemente enquanto ela acompanhava Kara e a mãe dele até a porta.

Minha.

Uma possessividade feroz o invadiu ao ver a mulher dele sorrir para Kara e a mãe.

Ele virou a cabeça e viu Simon olhando para Kara exatamente da mesma forma.

Simon se virou para Sam e os olhos dos dois irmãos se encontraram. Eles trocaram um olhar intenso de compreensão e concordância. Em seguida, assentiram enfaticamente ao mesmo tempo.

Ele daria a Maddie o máximo de tempo que pudesse. Mas, em algum momento, cederia e usaria a tática do homem das cavernas. Não conseguiria evitar. Precisava muito dela, mesmo que não a merecesse.

Pensando na própria reação quando ela tentara tocar em seu pênis, ele fez uma careta. Deveria pelo menor ter tentado explicar. Mas era uma parte do passado da qual não queria lembrar, que não queria explicar, nem mesmo a Maddie. Especialmente a Maddie. Não queria ver o olhar de repulsa quando contasse, quando ela percebesse como estava contaminado pelo passado. Ele fizera o que fora necessário para proteger o irmão. Ainda assim, ficara marcado. Maddie podia ser médica, mas ainda era incrivelmente doce. Aquela parte da vida dele estava no passado e ele queria que continuasse lá.

Mas eu a rejeitei, fiz com que se afastasse.

Porque precisara fazer aquilo. Pensar nisso só fez com que se sentisse menos merecedor de uma mulher como Maddie. Ela não precisava ser contaminada pelas merdas dele.

Eu queria o toque dela. Queria sentir a boca de Maddie em mim.

A reação fora instintiva, uma aversão que sentia desde que era criança. Como havia certas coisas que ele não queria sexualmente, transformara em uma arte o ato de dar prazer a uma mulher. E Maddie sentira prazer. Chegara ao orgasmo de uma forma tão linda, tão erótica. Só de pensar naquilo, ele quase gemeu alto ao correr a mão pelos cabelos em frustração. Todas as experiências sexuais que tivera no passado empalideceram perto daquele encontro incrível com Maddie, quando todas suas fantasias sexuais se transformaram em realidade.

Tentando bloquear o passado e não se lembrar de como ainda tinha problemas, ele se juntou aos outros.

Capítulo 9

Maddie só leu os registros médicos de Sam vários dias depois. Estranhamente, ele não fizera amor com ela novamente na casa dele. Eles foram para a cama depois que Kara, Simon e Helen tinham ido embora, exaustos por causa dos eventos do casamento. Ela dormira na cama imensa, querendo que ele a tocasse, mas Sam não fez nada. Por algum motivo, ele parecia distante, completamente diferente do que fora durante a experiência incrível na doca. Ele permaneceu assim no dia seguinte. Passaram a manhã e a tarde assistindo a filmes na televisão. Depois, ela precisara voltar para casa e cuidar de algumas coisas pessoais antes de retornar ao trabalho.

Ela concordara em aceitar a proposta de negócios dele de assumir a clínica como entidade de caridade e dera entrada no aviso prévio no hospital. Sam teimosamente insistira para que ela não voltasse a trabalhar na clínica até que pudesse começar em horário integral. Ele manteria uma equipe paga lá até que isso acontecesse. Ela não gostara da ideia, mas concordara. Se trabalhar em horário integral na clínica significava que teria que esperar algumas semanas, estava disposta a esperar.

Ele não falara novamente em casamento depois de entrarem em um acordo sobre a clínica. Ela saíra da casa dele com uma despedida breve e planos para melhorar a clínica. Ele dissera que lhe telefonaria.

Aquilo acontecera três dias antes e ela ainda não tivera notícias dele. Agora, a inquietação começou a invadi-la e o cérebro de Maddie trabalhava em ritmo acelerado.

Há alguma coisa errada. A reação dele quando eu o toquei foi como se...

Ela abriu a pasta de papel pardo, tomando um gole de vinho enquanto relaxava no sofá, vestindo um pijama. Sem saber ao certo por que estava lendo aquilo, ela virou as páginas, encontrando resultados recentes de exames físicos e diagnósticos negativos para todas as doenças sexualmente transmissíveis. Não foi exatamente um choque descobrir que ele estava em excelente forma física depois de ver seu corpo nu, bem de perto. Um espécime incrível de perfeição masculina.

Tentando não pensar no assunto, ela continuou a virar as páginas, vendo muito pouco além de alguns casos de vírus nos dez ou doze anos anteriores, mas nada significativo.

Maddie sabia que já vira o suficiente para saber que, medicamente, Sam estava muito bem, mas a curiosidade fez com que abrisse a pasta grossa na parte de trás dos documentos, perguntando-se o que acontecera para acumular tantos registros antigos.

Ela arregalou os olhos ao perceber que eram registros psicológicos, a documentação de consultas com um psicólogo.

Vítima de abuso sexual... penetração anal forçada, resultando em sangramento do reto... molestamento dos órgãos genitais... ocorreu dos onze aos doze anos.

Maddie afastou os olhos dos registros com uma exclamação horrorizada. Ela colocou a mão sobre o coração que batia depressa, tentando acalmar a respiração agitada.

Meu Deus, não! Devia estar errado. Sam não. Por favor, Sam não.

Ela virou o copo de vinho em dois goles e colocou os papéis sobre o sofá para buscar mais uma bebida, com os pensamentos acelerados.

Ela voltou com um copo muito cheio de vinho, tremendo ao se sentar novamente. Como médica, Maddie vira muitos casos de estupro e molestamento. Cada um deles fora um horror, mas ela não conseguia aceitar o fato de que Sam sofrera daquela forma.

Algumas vezes, eu só não gosto de... ser tocado.

Maddie estremeceu, lembrando-se da voz profunda dele dizendo aquelas palavras, o breve olhar de medo em seus olhos ao dizê-las. Ela soubera que havia alguma coisa errada, que fora uma reação instintiva. Em algum lugar, no fundo da mente, um alarme soara, sabendo que aquela era a reação de um homem que sofrera de alguma forma.

— Merda. Eu também não ia querer que me tocassem se tivesse sido molestada — sussurrou ela para si mesma.

Colocando o copo sobre a mesinha ao lado do sofá, ela pegou os papéis novamente. Ele começara a terapia e permanecera nela durante três anos. Ignorando os relatos de todos os incidentes descritivos, ela leu as anotações do psicólogo, que começaram vários anos depois do relacionamento que tivera com Sam e que continuaram por três anos depois da primeira terapia. As lágrimas escorreram por seu rosto enquanto lia, soluçando de vez em quando ao ler as descrições de como Sam lutara para lidar com os problemas decorrentes do molestamento. Ele fora tão corajoso, provavelmente muito mais do que ela teria sido naquela situação. Sam iniciara a terapia por conta própria, querendo superar alguns dos sintomas que tinha e que eram similares a distúrbio do estresse pós-trauma. E ele se curara. Havia algumas coisas que sempre exigiriam trabalho e paciência, mas ele tentara curar a maior parte do trauma.

Talvez ela devesse se sentir culpada por ler a história dele, mas não se sentiu. Sam ainda tinha algumas coisas em que precisava trabalhar e ela não poderia ajudá-lo se ele não se abrisse. Sem dúvida, ele queria deixar aquilo no passado, mas havia algumas coisas que ainda o assombravam. Coisas que só seriam superadas quando aprendesse a confiar.

Maddie sabia que Sam não pretendia que ela visse aqueles registros. Obviamente, ele pedira os registros médicos a alguém que os fornecera. Tudo. Incluindo as consultas da terapia.

Limpando o rosto com a manga do pijama, ela terminou o copo de vinho e voltou ao início da avaliação psicológica. Ainda não estava pronta para ler sobre os casos propriamente ditos, mas sentiu-se atraída por eles. Ela tentou encará-los de forma clínica, como médica lendo a história de um paciente, mas não deu certo. Ela chorou enquanto lia, com o coração despedaçado a cada ocorrido, incapaz de enxergar nada além do adorado Sam, um garoto de onze anos, sendo molestado por homens que ficavam excitados torturando-o.

Ela mal terminara de ler quando sentiu um enjoo enorme, fazendo com que corresse para o banheiro ainda sofrendo pela dor de Sam. Como médica, a Dra. Madeline Reynolds tinha nervos de aço e um estômago forte. Mas, como mulher, Maddie vomitou até se sentir tonta, esquecendo totalmente que era médica e reagindo apenas como uma mulher apaixonada.

Na noite seguinte, Maddie parou na clínica depois do trabalho e sentiu-se um pouco deslocada. O jovem médico que a substituía, o Dr. Turner, parecia ter tudo sob controle com a ajuda de uma enfermeira jovem que, ao que tudo indicava, idolatrava o médico bonito. Sentindo-se entediada, ela foi para o restaurante, onde concordara em se encontrar com Max Hamilton. Ela tinha dois dias de folga e nenhum plano.

Ela suspirou. Não estava mais acostumada a não estar ocupada todos os minutos de todos os dias. Era bom ter algum tempo livre, mas os dias eram solitários quando não tinha nada com o que se ocupar. Os únicos planos que tinha eram o jantar naquela noite e provavelmente dois dias limpando a casa, algo que só fazia esporadicamente quando tinha tempo. O lugar precisava de uma faxina pesada e ela não tinha mais nada planejado.

Ela respirou fundo ao entrar no restaurante, reconhecendo que sentia falta de Sam. Mas deixaria que ele a procurasse quando estivesse pronto. Estranhamente, não tinha dúvidas de que ele faria isso.

O restaurante era agradável, um lugar conhecido pelo filé e pelos frutos do mar. Ela nunca fora lá, mas estava feliz por ter colocado um vestido e sapatos de salto alto. O clima estava horrível, com ventos fortes, chuva e temperaturas abaixo do normal. Ela colocou as mãos no bolso e correu para a porta, estremecendo ao entrar.

— Dra. Reynolds? — A recepcionista a cumprimentou imediatamente.

Surpresa e grata pelo calor do interior, ela respondeu: — Sim?

— Seu acompanhante já está aqui. Eu a levarei até sua mesa. — A morena alta esperou até que Maddie se aproximasse e conduziu-a pelo restaurante sofisticado até uma mesa quieta no canto. A decoração era elegante, com acabamentos em sua maioria em preto e branco, estampas modernas e de bom gosto. Havia uma parede inteiramente de vidro com vista para a água.

Max Hamilton se levantou quando Maddie chegou à mesa. Havia um sorriso genuíno em seu rosto quando ele disse: — Olá, Maddie. Estou muito feliz por ter vindo.

Ele parecia suave e elegante em um terno marrom, com uma gravata marrom e azul-marinho combinando. Cada centímetro dele exalava poder e controle, mas ela nunca sentira nenhuma intenção maldosa por trás de seu sorriso. E ainda não sentia.

Ele a ajudou a se sentar antes de voltar para a própria cadeira. — O que deseja beber? — perguntou ele, chamando um garçom e pedindo um uísque com gelo para si mesmo.

Tirando o casaco, ela respondeu: — Só uma taça de vinho. Qualquer coisa que não seja extremamente seca serve.

Max fez o pedido de uma taça de vinho Zinfandel branco e ela pegou o cardápio que o garçom ofereceu.

Ele a encarou abertamente depois que o garçom se afastou, com uma expressão indecifrável. Maddie o olhou com fascinação aberta. O que havia naquele homem que a atraía, que fazia com que quisesse abraçá-lo até que ele não se sentisse mais tão sozinho? A solidão e o pesar pareciam suspensos sobre ele como uma nuvem sombria, apesar de ela tê-lo visto sorrindo na maior parte do tempo. Ela sentia as duas emoções, de forma subliminal e de partir o coração.

Afastando os olhos do rosto dele, ela pegou o cardápio. — O que você recomenda? Nunca vim aqui.

Ele sorriu. — Tudo. Só depende do que você gosta.

— Não sou muito exigente — respondeu ela em tom divertido.

As bebidas chegaram e eles fizeram os pedidos. Max fez um milhão de perguntas enquanto bebiam e durante o jantar. O interesse dele era lisonjeador. Quando chegaram as sobremesas, eles conversaram como velhos amigos.

— Diga-me, como você conheceu Simon e Sam? — perguntou ela curiosa antes de comer um pouco do mousse de chocolate.

— Nós juntamos forças em vários empreendimentos no decorrer dos anos. Sam tem o dom de escolher os empreendimentos certos. Eu só invisto — respondeu ele, colocando a colher sobre o prato ao terminar de comer a sobremesa.

— Isso não é verdade — retrucou ela, citando alguns empreendimentos de destaque que foram inicialmente ideia dele.

Ele pareceu atônito. — Acho que você realmente presta atenção às notícias financeiras. Provavelmente observando Sam — supôs ele... corretamente.

Maddie odiava admitir que seguira Hudson e suas conquistas financeiras durante anos.

Max levantou a mão. — Não estou ofendido. Não se preocupe. É óbvio que há alguma coisa entre você e Sam. Eu gosto dele. Nem estou considerando a ideia de pisar nos calos dele. Só quero que sejamos... amigos. — A voz dele hesitou na última palavra.

Maddie examinou a expressão dele. Max parecia sincero, mas ela suspeitava que havia mais alguma coisa que ele queria. Só conseguia imaginar que o que ele realmente queria era companhia, algo para afastar a solidão que ela sentia emanando de sua alma. Era uma sensação de solidão tão profunda que era quase tangível.

— Onde estão seus pais, seus familiares? — perguntou ela, tentando decifrar por que aquele homem parecia tão solitário.

— Sou filho único. E meus pais morreram em um acidente de carro há dez anos — respondeu ele baixinho.

Ele era sozinho. Totalmente sozinho. Como ela. Maddie sabia exatamente como era e sentiu o coração apertado por ele. Quase desejou não ter perguntado.

Ele sorriu. Foi um sorriso acolhedor que deixou o rosto bonito ainda mais atraente. — Meus pais eram ótimos. Tive sorte, apesar de tê-los perdido cedo demais.

Ela terminou de comer a sobremesa ao ouvi-lo falar sobre as lembranças que tinha dos pais, histórias engraçadas em tempos mais felizes. Obviamente, ele lidara com aquela perda. Provavelmente era a perda mais recente da esposa o que realmente o assombrava.

— Você sabe que Sam não dorme por aí, não sabe? — perguntou Max depois de fazer uma pausa nas histórias da família para beber o restante do uísque.

Maddie quase engasgou com o vinho. — Como? — perguntou ela, sem saber se tinha entendido a pergunta dele.

Max deu de ombros. — Só estou comentando... as histórias sobre Sam, em sua maioria, não são verdadeiras. Ele leva algumas das amigas a festas, mas não dorme com elas, como as pessoas acham que faz. Ele tem uma reputação ruim que realmente não merece — terminou ele casualmente, mas os olhos tinham uma expressão intensa.

— E como você sabe que não é verdade? — questionou ela, imaginando onde aquela conversa terminaria.

— Sam e eu nos conhecemos há muito tempo. Vamos a muitas das mesmas festas, socializamos nos mesmos círculos. Na maioria das vezes, vamos juntos. Quando a minha esposa estava viva, íamos com Sam e a acompanhante dele. Normalmente, saíamos para beber juntos. Depois, deixávamos a acompanhante de Sam em casa. E depois Sam. Na casa dele. Sozinho. — Ele respirou fundo antes de continuar. — Agora que minha esposa se foi, Sam e eu deixamos primeiro a acompanhante dele e depois saímos para beber juntos. Mas vamos embora sozinhos. — Ele franziu as sobrancelhas ao encará-la. — Entendeu?

Maddie sorriu de leve. — Então, está tentando me dizer que ele não é o mulherengo que a imprensa diz que é?

— Não estou dizendo que ele é um anjo, mas não é o homem que a maioria das pessoas acha que é. Eu só sei onde ele passa a noite porque saímos juntos, apesar de Simon normalmente evitar alguns eventos. — Max tirou o cartão de crédito da carteira e colocou-o dentro do recipiente de couro da conta, que fora trazida discretamente para a mesa pelo garçom. Em seguida, empurrou a conta para a beirada da mesa e encarou-a diretamente nos olhos. — Só conheci uma das amantes dele. Era uma ruiva miúda, completamente diferente das amigas que ele costumava levar a eventos de caridade e assemelhados. E isso foi há muito tempo. Por que acha que é assim?

"Faz meses que não faço sexo com ninguém. Não consegui. Antes disso, eu só ia para a cama com mulheres de cabelos ruivos, corpos cheios de curvas e que não se importavam que eu gritasse seu nome ao gozar. Mulheres que só queriam dinheiro ou coisas materiais, porque eu não tinha nada mais a dar a elas."

Ai, meu Deus. Sam dissera a verdade. Afastando os olhos de Max, ela olhou para a parede atrás dele. — Por quê? Ele podia escolher qualquer mulher solteira do mundo, que cairia aos pés dele. Por quê?

Max deu de ombros. — Às vezes, ser rico pode ser uma maldição, tanto quanto uma bênção. Ter dinheiro pode fazer um homem perguntar a si mesmo se a mulher realmente o quer, ou apenas o dinheiro e o poder. Infelizmente, em nossos círculos, a maioria das mulheres se importa mais com o dinheiro que com o homem — disse ele em tom ligeiramente amargo. — Não me entenda mal. Sam e eu gostamos do dinheiro e do poder. Mas ele tem algumas desvantagens no departamento de relacionamentos.

— Mas a maioria dos homens não gosta quando as mulheres caem sobre eles? — perguntou ela curiosa, pousando novamente o olhar no rosto dele.

— Depende do homem, acho. Depois de algum tempo, isso acaba ficando muito chato. E muito solitário.

— Por que está me dizendo isso, Max? — Maddie realmente queria saber. — Está bancando o cupido?

Max soltou uma risada alta. — Claro que não. Inclusive, seria vantajoso para mim não dizer nada. Eu não me importaria em monopolizar o seu tempo e tenho a sensação de que Sam tentará me matar por sair para jantar com você. Ele não é muito sutil sobre o interesse que sente.

— Bem, ele não ficará sabendo por mim. — Maddie colocou dois dedos sobre a boca e imitou o movimento de um zíper.

Os lábios de Max se curvaram em um sorriso conhecedor. — Não. Mas ficará sabendo por eles. — Ele acenou sutilmente com a cabeça para uma mesa do outro lado do restaurante, onde havia dois homens grandes, parecendo desconfortavelmente deslocados e que os encaravam abertamente.

— Sam os conhece? — perguntou ela confusa.

— Sim. Muito bem. Eles trabalham para Sam. São parte da equipe de segurança dele — respondeu Max. — Eu já os vi antes. Obviamente, estão seguindo você.

— Ele está me espionando? — retrucou ela furiosa por Sam mandar alguém segui-la.

Max estendeu a mão sobre a mesa e agarrou o braço dela antes que Maddie conseguisse se levantar. — Maddie... não. Eles não são espiões. São proteção. Ele é um cara conhecido que está romanticamente conectado a você. Isso a torna um possível alvo. Acredite, eu faria o mesmo se estivesse saindo com alguém. Sam fez muitos inimigos. Inimigos poderosos. Esse é um dos motivos pelos quais ele nunca é visto com uma mulher mostrando qualquer tipo de afeição abertamente. Mas a imagem de Sam carregando você como um homem das cavernas no casamento esteve por toda parte. Ele obviamente planeja ir adiante no futuro. E quer que você esteja segura. — Ele segurou a mão dela sobre a mesa, mantendo-a sentada e falando com voz calma. — Na verdade, não acredito que ele ainda não telefonou para você. Saberá o que você fez na maior parte do tempo. Provavelmente está um pouco devagar porque está doente.

Maddie não sabia como se sentir sobre Sam saber cada um de seus movimentos. Era um pouco desconfortável. Sim, ela entendia a mania por segurança, mas ter alguém atrás de si constantemente era desconcertante. — Você disse que ele está doente? — perguntou ela, sem saber se tinha ouvido direito o que Max dissera.

— Gripe. Ele não está nada bem. — Max balançou a cabeça, parecendo preocupado com o amigo. — Está trabalhando de casa. Não atende ninguém. Falei com o assistente dele, David.

— Droga. Eu fiquei imaginando por que ele não tinha me telefonado. Que cara teimoso — disse ela, apertando a mão de Max ao se levantar. — Preciso ver se ele está bem.

Max riu ao soltar a mão dela e levantar-se. — Espere. Vou acompanhar você até lá fora. — Ele tirou uma caneta de ouro do bolso, assinou o recibo do cartão de crédito que o garçom deixara sobre a mesa e guardou o cartão. — Maddie, provavelmente ele não quer que você fique doente.

Maddie colocou os braços nas mangas do casaco que Max segurou para ela. Em seguida, abotoou o casaco e colocou as mãos na cintura. — Eu sou médica. Tomei vacina contra a gripe. Fico exposta a ela todos os dias.

Max estendeu o braço para ela, que o aceitou. — Posso garantir que ele não está pensando racionalmente. O único pensamento que tem é de proteger você.

— Excelente. E quem o está protegendo? — retrucou ela irritada.

— Duvido que alguém tenha achado que ele precisaria — respondeu Max pensativo.

— Mas ele precisa. Não precisa ser sempre o protetor — respondeu ela em tom teimoso, desejando que alguém estivesse lá para protegê-lo quando era mais jovem. — Todo mundo precisa de apoio de vez em quando.

Max a levou até o carro dela antes de responder com voz baixa e emocionada: — Sabe, acredito que você tenha razão. Cuide dele, Maddie.

Cedendo ao desejo de confortar Max, ela o abraçou. Ele passou os braços em volta dela e apertou-a ligeiramente. Os dois ficaram naquela posição por um momento enquanto uma conexão misteriosa era estabelecida entre eles.

— Eu telefono para você. — Max a soltou relutantemente e abriu a porta do carro.

— Falo com você em breve — respondeu ela, ainda sentindo-se um pouco inquieta pela forma como se sentia atraída pelo sofrimento de Max.

— Não deixe Sam lhe dar ordens — disse ele em tom divertido enquanto Maddie entrava no carro.

Ela riu. — Nem pensar. Caso contrário, encontrarei um motivo para que ele subitamente precise de uma injeção no traseiro — garantiu ela. Sam teria que ouvi-la e ficar melhor.

Ela ouviu a risada divertida de Max quando ele fechou a porta do carro. Maddie saiu do estacionamento e foi diretamente para a casa de Sam, tentando não prestar atenção nos agentes de segurança que a seguiam.

Capítulo 10

am gemeu ao se virar na cama e puxou o travesseiro sobre a cabeça, sentindo-se tão mal que desejou apenas dormir até que se recuperasse. O suor escorria pelo corpo e lentamente encharcava os lençóis. Ele estremeceu por causa do tecido úmido sob o corpo.

— Merda! — Ele resmungou o palavrão, mas não alto demais. Se fizesse algum movimento súbito, as pequenas criaturas dentro da cabeça, armadas com martelos, começariam a agir novamente.

Não havia uma parte do corpo que não doesse e as costelas gritavam em protesto por causa da tosse quase constante.

Ele ouviu uma confusão no andar debaixo, mas ignorou-a. Não importava o que fosse, a segurança cuidaria dela. Era para isso que pagava a eles. Naquele momento, só queria ficar sozinho com o sofrimento.

— Não me importa se ele não quer ver ninguém. Ele vai me receber. Sou a médica dele.

Maddie. Mas que merda.

Sam se esforçou para sentar, mas acabou deitando novamente quando a tontura o invadiu, fazendo com que o quarto girasse.

Odeio essa porra. Estou tão fraco, que merda. E, se havia uma coisa que Sam odiava, era se sentir indefeso.

A porta foi aberta com força e ele abriu ligeiramente um olho para encontrar a visão mais linda do mundo.

Maddie.

Ele soltou um grito ao perceber dois agentes da segurança segurando-a pelos braços. — Tirem suas mãos malditas de cima dela. E nunca mais encostem nela de novo. — A voz estava rouca, mas a mensagem foi transmitida.

Os guardas a soltaram como se os braços dela estivessem em brasa. — Desculpe, sr. Hudson. Ela invadiu a porta e não conseguimos segurá-la. O senhor disse que não queria ser incomodado.

— Ela é a única exceção. Sempre — resmungou ele. — Agora, saiam daqui.

Os guardas saíram, deixando Maddie parada na porta. Ela a fechou, andou até o lado da cama e colocou a mão na cintura. Em seguida, colocou gentilmente uma mão fria na testa dele, tirando os cabelos úmidos do rosto de Sam. — O que diabos está fazendo consigo mesmo? Você está fervendo. Está tomando alguma coisa?

— Não preciso de remédios. Isto vai passar — resmungou ele, observando-a com fascinação curiosa.

Ela foi até o banheiro e Sam a ouviu vasculhar os armários. — Mas que diabos? Você não tem nada além de camisinhas aqui?

Sam sabia que era uma pergunta retórica. Mas, quando ela voltou ao quarto parecendo uma deusa furiosa, com o olhar selvagem, ele respondeu: — Não. Não tomo remédios. Nunca precisei deles.

Ela pegou o celular dele, que estava sobre o criado-mudo e começou a percorrer a lista de contatos. Em uma atitude vingativa, ela apertou um deles. Depois de verificar se estava realmente falando com o assistente pessoal de Sam, ela começou a despejar ordens como se fosse um sargento. Ela desligou o telefone com um toque furioso em um botão e telefonou para outro número. Pelo que ele conseguiu entender da conversa, era uma farmácia. Ela terminou e bateu o telefone sobre o criado-mudo com força suficiente para fazê-lo se encolher.

— Você precisa de lençóis limpos e líquidos. Consegue chegar ao chuveiro se eu o ajudar? — perguntou ela com voz exigente.

Como aquela mulher minúscula conseguiria aguentar o peso dele? Sam sorriu. — Sabe, essa coisa de médica mandona é muito excitante. Você vai esfregar as minhas costas?

— Se for necessário — respondeu ela ao começar a tirar as roupas do corpo suado dele.

Sem querer que ela presenciasse sua fraqueza, Sam fez um esforço super-humano para se levantar. Ele conseguiu, mas cambaleou ao se levantar e começou a tossir com muita força. Ela o apoiou com o próprio corpo, que era surpreendentemente forte. — Para um homem que supostamente é um gênio, você é um idiota em se tratando de cuidar de si mesmo — comentou ela, soando como uma gata furiosa.

Puta merda, ela era muito gostosa quando estava no comando. — Você precisa ir embora. Não queria que soubesse. Você pode ficar doente. — As entranhas dele se contraíram ao pensar em Maddie se sentindo tão mal como ele se sentia naquele momento.

— Fico exposta a isso todos os dias, Sam. Por que não me telefonou antes? — perguntou ela exasperada. — Você tem milhares de pessoas à sua disposição. E precisava de ajuda.

— Eu não peço ajuda. Eu ajudo as outras pessoas — resmungou ele ao andar como um bêbado em direção ao banheiro. Sinceramente, nunca lhe ocorrera pedir nada a ninguém. Ele odiava se sentir vulnerável e preferia esperar até que pudesse estar no controle novamente.

Ela tirou a cueca dele, a única peça de roupa que sobrara, e ligou o chuveiro. — Você ficará bem enquanto procuro lençóis limpos e troco a cama?

— Sim — disse ele, gemendo quando a água morna bateu no corpo.

— Não coloque mais quente que isso. Você já está quente demais — avisou ela, dando a ele um olhar de comando.

Realmente, aquela mulher era completamente *sexy* no modo médica. Uma ruiva mandona que ele desejou poder domar naquele momento. Infelizmente, ele não estava em posição de arrastá-la para dentro do cubículo e possuí-la contra a parede do chuveiro. Mas que merda... como queria poder. Não havia nada que quisesse mais do que aproveitar toda a paixão que ela demonstrava. — Onde você estava? — perguntou ele, imaginando por que ela estava usando um vestido cinza, uma cor que fazia com que seus cabelos parecessem ainda mais fogosos, que abraçava as curvas de seu corpo como um amante. Provavelmente não fora feito para ser *sexy*, mas, nela, certamente era.

— Saí para jantar antes de vir para cá. — Ela tirou os sapatos ao sair do banheiro, deixando a porta aberta.

Com quem?

Ele queria saber, mas Maddie saíra como se estivesse com o traseiro em chamas. Ele deixou a água escorrer pelo corpo, lavando o suor da pele. Ele observou a temperatura da água, tentado a ignorar Maddie e deixá-la mais quente, mas provavelmente a mulher lhe daria uma surra. O problema era que talvez conseguisse bater nele. Ele sorriu ao se inclinar sob a água, deixando que o limpasse. Ele queria tomar um banho decente, mas estava esgotado e usava toda a energia que tinha para ficar de pé.

Maddie voltou cinco minutos depois. Ele observou, completamente hipnotizado, enquanto ela eficientemente tirava cada peça de roupa do corpo, deixando-as em uma pilha no chão. Não foi um *strip-tease*, mas, por outro lado, Maddie só precisava existir para que ele ficasse excitado. E observá-la tirar a roupa fizera com que o pênis enrijecesse, ficando pronto para a ação. Infelizmente, o restante do corpo não estava.

Ela pegou uma esponja, entrou no cubículo do chuveiro, estremeceu por um momento por causa da temperatura da água e começou a trabalhar. Passando o sabonete na esponja, ela começou a passá-la pela pele dele com um toque gentil.

Ela hesitou ao chegar à virilha e o corpo todo de Sam congelou. Ele fez força para reprimir o instinto de impedi-la. Era Maddie e ela estava tentando ajudá-lo. Ele não ia afastá-la. Não queria afastá-la.

Maddie soltou a esponja e Sam sentiu as mãos gentis dela sobre si. Ela moveu as mãos na virilha dele e acariciou o pênis com os dedos nus. A sensação causou uma reação inicial assustada, mas ele manteve os olhos em Maddie enquanto ela o tocava, concentrando-se apenas nela. Quase desapontado quando ela não manteve as mãos lá por muito tempo, ele sentiu quando elas se moveram muito suavemente sobre o traseiro. As nádegas se contraíram e ele cerrou os dentes quando ela passou os dedos na fenda entre elas, passando de leve sobre o ânus. Ele soltou um gemido atormentado, parte medo... e parte prazer. O toque dela era clínico, mas dolorosamente suave, provocantemente delicado.

Ajoelhando-se, ela passou sabonete nas pernas dele. Em seguida, levantou-se e lavou-lhe os cabelos, com o toque gentil ao massagear o couro cabeludo. Depois disso, Maddie pegou o chuveirinho, enxaguou os cabelos e o corpo dele, desligando o chuveiro em seguida. Ela se secou rapidamente, pegou outra toalha e secou-o com cuidado. Vestindo-se rapidamente com uma camisola de algodão curta que pegou da pilha de roupas que deixara sobre a pia, ela passou os braços em volta de Sam e levou-o até a cama para que se sentasse e vestisse uma cueca limpa.

— Uau, David é eficiente — disse ela maravilhada ao pegar o copo de suco que estava sobre o criado-mudo e entregá-lo a Sam. Ela tirou comprimidos de vários frascos e segurou-os em frente à boca dele, como faria com uma criança relutante. — Não achei que ele fosse trazer tudo tão depressa.

— Eu pago a ele para ser eficiente — resmungou ele. Sam não era tolo. Ele abriu a boca, surpreendentemente obediente, e deixou que ela colocasse os comprimidos nela, engolindo-os com um gole do suco.

— Termine o suco. Você precisa se manter hidratado. Acabei de lhe dar algo para a febre, a congestão, a tosse e a dor. Você provavelmente dormirá. — Ela penteou os cabelos dele com os dedos enquanto falava, com uma expressão preocupada no rosto.

Sam terminou de beber o suco e Maddie pegou o copo da mão dele. — Deite-se e descanse.

— Fica comigo? — pediu Sam, sem conseguir se conter. Ele não se importou nem um pouco se aquilo soara ridículo. A necessidade de ter Maddie por perto era maior do que o orgulho.

— É claro que vou ficar com você — respondeu ela indignada.

Sam sorriu quando ela começou a resmungar sem parar sobre coisas que incluíam homens teimosos e outras coisas ruins sobre o sexo masculino e sobre ele em particular. A mulher dele estava furiosa com ele por não se cuidar. Por algum motivo, os xingamentos não o incomodaram nem um pouco, mas fizeram com o que o peito doesse de afeição pela única mulher que se importara com ele além da mãe.

Ele deitou a cabeça sobre o travesseiro, observando os movimentos femininos furiosos pelo quarto recolhendo roupas e arrumando as coisas que ele jogara por toda parte quando ficara doente e que não juntara depois. Ela resmungou baixinho, mas Sam não tinha dúvidas de que dizia as mesmas coisas. Ele ficou feliz por não conseguir ouvi-la. Em vez disso, absorveu a visão dela, sentindo-se melhor apenas com a presença de Maddie lá.

O banho ajudara. Ele se sentia limpo pela primeira vez em dias e confortável sobre os lençóis limpos. A dor de cabeça lentamente desaparecia e, em vez da dor, o corpo era tomado pela letargia.

O pênis estava duro como rocha e ficou ainda mais duro quando ela se abaixou, revelando o traseiro maravilhoso. Ele ficou olhando, incapaz de fazer qualquer outra coisa, quando ela pegou os sapatos.

Ao se levantar, ela se virou para ele com um olhar irritado. — Está olhando para a minha bunda? Preciso de uma calcinha — resmungou ela.

Ah, não, precisa não. Sam quase gemeu de desapontamento quando ela foi para o banheiro, obviamente para procurar uma calcinha na pilha de roupas novas que ele comprara e que Maddie não levara para casa.

Depois de voltar do banheiro, ela pegou um termômetro dentre os milhares de itens que David levara e colocou-o na boca de Sam. — Não fale — avisou ela com a sobrancelha erguida.

Ele fez uma careta e cruzou os braços sobre o peito. A única coisa que queria naquele momento era tirar aquela coisa da boca só para ser do contra.

Maddie soltou uma risada, um som leve e divertido que o envolveu como um bálsamo. — Você parece um garotinho rabugento — disse ela, colocando a mão em sua testa.

Ele ouviu um bipe e ela tirou o termômetro idiota. — Alta — comentou ela. — Mas acho que está mais baixa que antes. Talvez eu tenha que acordá-lo no meio da noite para lhe dar mais alguns remédios.

Ele fez outra careta quando ela lhe entregou mais suco. A última coisa que queria fazer era engolir. A garganta parecia que tinha sido esfregada repetidamente com uma lixa.

— Beba. Você precisa de líquido — respondeu ela como se soubesse o que ele estava pensando.

Ele a encarou enquanto bebia o suco, observando a fada maravilhosa separar comprimidos dos fracos sobre o criado-mudo, provavelmente para as doses do meio da noite. — Alguém já lhe disse que você é uma médica muito mandona? — perguntou ele secamente, entregando o copo vazio a ela.

Alguém já disse a ela como é gostosa quando está furiosa?

Colocando o copo sobre a mesa, ela cruzou os braços sobre o peito e olhou para ele de forma severa. — Só meus pacientes que não gostam de cooperar. Se você não fosse tão teimoso, acharia que sou a médica mais doce da face da Terra — respondeu ela em uma voz falsamente suave.

— Acho que você é doce mesmo assim — admitiu ele baixinho.

— O que aconteceu com a sua cabeça? — perguntou, franzindo a testa ao notar um pequeno ferimento na têmpora esquerda que não vira antes.

— Não foi nada. Um pequeno acidente de carro. Só bati a cabeça. — Ela deitou na cama, puxou as cobertas sobre o corpo e desligou a luz na cabeceira, deixando o quarto na escuridão.

Ele se aproximou e puxou-a para perto. *Meu Deus, como é bom estar com ela.* Ele a puxou contra o peito e enterrou o rosto nos cabelos sedosos. — Não existem pequenos acidentes de carro. O que diabos aconteceu? Quando? Mas que droga, ninguém me disse nada. Vou demitir aqueles malditos agentes de segurança — rosnou ele, estremecendo ao pensar que Maddie estivera envolvida em um acidente sem que ficasse sabendo.

— Você não vai demitir ninguém. Eles me trouxeram aqui porque meu carro provavelmente não tem mais conserto. Eu disse a eles que não telefonassem para você porque já estava vindo para cá. Não foi nada demais, Sam. Eu estava vindo e o clima está horrível, choveu o dia inteiro. Outro carro derrapou em um sinal vermelho e bateu no meu. Estou bem — respondeu ela, parecendo exasperada.

O coração de Sam batia tão depressa que ele ficou sem fôlego. *Mas que merda!* Ele abraçou Maddie com mais força, passando as mãos pelo corpo dela. — E se você tivesse se machucado mais do que pensou? — perguntou ele em pânico.

Maddie se virou para ficar de frente para ele, colocando os braços em volta de seu pescoço. — Não me machuquei. Estou bem, Sam. Estou preocupada com você, que está doente. Agora durma. O outro carro bateu no lado do passageiro e só fiquei um pouco abalada. Sou médica. Não bati com força suficiente para machucar nada além do coitado do meu carro.

— Você precisa de um carro maior, alguma coisa mais segura. E mais nova — retrucou ele, com a irritação e o medo presentes na voz.

— Durma — insistiu ela, aconchegando-se contra ele.

Sam estava estonteado, provavelmente por causa do remédio, mas não conseguia impedir que as imagens do carro de Maddie sendo atingido, com ela no interior, o assombrassem. E se ela tivesse sido gravemente ferida... ou pior? Cruzes! Aquelas imagens o atormentariam por algum tempo. — Alguma coisa ruim podia ter acontecido — respondeu ele finalmente.

— Mas não aconteceu — disse Maddie em tom reconfortante, colocando a cabeça sobre o ombro dele e passando os dedos gentilmente pelos seus cabelos, acariciando-lhe a nuca em círculos suaves. — Descanse, Sam. Estou preocupada com você. Obviamente, tem um caso grave de gripe e precisa dormir.

O peito dele doía, mas não por causa da doença. A voz suave e preocupada dela o confortou e ele fechou os olhos com força, com uma reação emocional intensa à atitude protetora dela.

Ele conseguia lidar com a possessividade e a preocupação maníaca pela segurança dela. Mas ter alguém cuidando dele era algo diferente e Sam não sabia bem como reagir a isso. — Estou feliz por você estar aqui, doçura — murmurou ele baixinho, esfregando o rosto nos cabelos dela.

— Da próxima vez, me chame, por favor — pediu ela sonolenta.

— Nada pode acontecer com você, Maddie. Eu não conseguiria sobreviver — disse ele com voz rouca.

Sam ficou imaginando como Max conseguira sobreviver depois de perder a esposa. A dor devia ter sido insuportável se Max sentia qualquer coisa parecida com a necessidade obsessiva que ele tinha pelo milagre ruivo que tinha nos braços naquele momento.

— Eu estou aqui, Sam — sussurrou ela.

Graças a Deus!

— Você vai casar comigo — resmungou ele, fechando os olhos quando o sono o invadiu.

Ela não respondeu. Só se aconchegou um pouco mais e suspirou.

Sam não deixou que a falta de resposta dela o incomodasse. Na verdade, seus lábios se curvaram em um sorriso. Já era um progresso. Pelo menos, ela não discutira nem dissera não.

Com aquele pensamento positivo na mente, ele dormiu.

Capítulo 11

Maddie ficou com Sam até que ele se recuperasse totalmente. Ela passou os dois dias de folga acompanhando-o durante a pior parte da doença e, nos dias seguintes, indo para a casa dele todas as noites depois do trabalho para garantir que ele estivesse cuidando bem de si mesmo. Sam era, de longe, o pior paciente que ela tivera, o que era dizer muito, pois já tivera diversos pacientes terríveis. Sam Hudson não gostava de nenhum tipo de fraqueza e obviamente isso incluía qualquer coisa que o prejudicasse fisicamente.

Naquele momento, ele estava completamente furioso e irritado ao encará-la da mesa de escritório que tinha em casa, com a cadeira inclinada para trás.

Sam estava escondendo-se atrás daquela fachada novamente e Maddie odiava aquilo. Ele mostrara uma certa vulnerabilidade durante o tempo em que estivera doente. Mas agora voltara a ser o valentão... com toda força. Ela conseguia aceitar a personalidade de macho alfa de Sam. Na verdade, havia momentos em que a adorava. No entanto, aquele não era um deles. Ele estava fazendo exigências sem nenhum motivo.

— Você vai usar o carro novo. Ponto. Fim da discussão — gritou ele, como se ela fosse um de seus funcionários.

Maddie respirou fundo e soltou o ar lentamente. — Muito bem. Se a discussão terminou, vou embora. E você pode pegar esse carro e enfiar no rabo, porque não vou usá-lo. Você não tinha o direito de escolher um carro para mim sem me consultar e depois exigir que eu o usasse. Não sou um de seus malditos funcionários.

Desejando não ter ido à casa dele naquela noite, ela tentou se recompor. Só o que queria era ter certeza de que ele estava bem e que estava cuidando de si mesmo. Ele fora um completo idiota, basicamente jogando nela a chave de um novo Mercedes SUV preto que provavelmente custara mais do que a casa da maioria das pessoas, e exigindo que ela o usasse. O problema não era que não gostara do carro, pois gostara muito. Quem não gostaria? O problema era a atitude e a distância dele. Simplesmente comandara e esperara que ela concordasse com as exigências. Ele estava escondendo-se novamente, preocupado por ter mostrado uma fraqueza grande demais, e exagerando para compensar a atitude que tivera durante a doença. Ela entendia o que ele fazia e quais eram as motivações. Mas doía mesmo assim.

— Eu sei que não é um dos meus malditos funcionários. Se fosse, faria o que eu lhe dissesse para fazer — rosnou ele. — E, se sair por aquela porta, vou buscá-la.

Cruzando os braços sobre o peito, ela o encarou friamente. — E depois? Como pretende me forçar a usar o carro? — retrucou com a voz ligeiramente trêmula. — Mas que droga! Você nem mesmo perguntou se gostei do carro, se eu o queria. A minha opinião não importa, desde que eu faça o que você quer. Qual é o seu problema hoje? — Uma lágrima solitária desceu pelo rosto dela, que a limpou impacientemente. Havia tanto que ela amava em Sam, mas havia algumas que não tolerava.

Mandão... ok. De vez em quando.

Exigente na cama... claro que sim.

Protetor... sim.

Distante e frio... claro que não!

Sam se levantou e deu a volta na mesa. — Você não vai embora — disse ele. — Por que está chorando?

Maddie correu para a porta, pois não estava pronta para responder àquela pergunta.

Porque eu amo tanto você que chega a doer. Porque quero ser tão importante para você quanto é para mim. Porque, quando você me afasta e fica frio, eu fico assustada.

Abrindo a porta freneticamente, desesperada para escapar, ela sentiu o corpo de Sam colidir com o seu por trás, fechando a porta e prendendo-a entre os braços.

Ela encostou a testa na porta com as lágrimas escorrendo livremente pelo rosto. — Por favor, deixe-me ir embora.

— Diga-me por que está chorando. Não gostou do carro? Posso devolvê-lo. Posso escolher outro, desde que seja seguro. Ele é um carro bonito e lembrou-me de você. — Ele estava ofegante e a respiração quente acariciou-lhe a orelha.

Merda. Ele estava amolecendo, agindo novamente como o Sam que amava. Lá vou eu, subindo a montanha-russa de novo, sem saber quando vou descer de novo.

— Não consigo lidar com isso, Sam. Por favor. — As emoções de Maddie estavam confusas e o passado voltava para assombrá-la. Não tinha como evitar. Sam era tão necessário para sua felicidade que ela ficava assustada quando ele se transformava naquela pessoa gelada e ríspida.

— O que eu fiz, doçura? Diga-me. Eu consertarei. — A voz dele era suave e emotiva.

— Quando você fica frio e distante, eu fico com medo de que não me queira mais — soluçou ela. Não tivera a intenção de dizer aquilo, mas não conseguira segurar. — Eu sei que é coisa do passado e sei que provavelmente sou mais carente do que a maioria das mulheres quando se trata de você. Mas preciso saber que sou importante para você, que minhas opiniões importam. Que eu importo. — Mesmo para si mesma, ela soou ridícula, mas não pôde evitar. — Quando você se distancia emocionalmente de mim, agindo friamente, eu fico com medo.

Sam passou os braços em volta do corpo de Maddie, puxando-a para perto e balançando-a de leve. — Desculpe, doçura. Eu sinto muito — murmurou ele em seu ouvido. — Eu também fico com medo. Tenho medo de que alguma coisa aconteça com você e, se acontecer, a minha vida chegará ao fim. Você não entende como é importante para mim?

Maddie balançou a cabeça, com os ombros sacudindo por causa dos soluços de agonia, temporariamente assombrada pelos medos do passado. Mas que merda! Ela aprendera a ser sozinha, a não depender de ninguém. Mas todas as defesas estavam ruindo por causa daquele homem.

Sam a virou e ergueu-a nos braços, levando-a até o sofá de couro que ficava encostado na parede do escritório. Ele se sentou e segurou-a com força no colo. — Eu preciso de você, Maddie. Tanto que fico aterrorizado. Acho que, algumas vezes, fico com medo de precisar tanto de alguém que minha vida dependa disso. — Ele soltou um suspiro trêmulo ao acariciar-lhe os cabelos.

— Eu também preciso de você, Sam. Muito. Não aguento quando você fica frio e distante. Isso traz de volta o passado, todas as vezes em que ninguém me quis. — Ela já contara a ele o pior. Se não conseguisse dividir as emoções, ele nunca saberia.

— Caralho! — Ele passou a mão pelos cabelos frustrado. — Doçura, algumas vezes eu esqueço que você tem suas inseguranças. Eu fui um idiota egoísta. Só estava pensando em proteger a mim mesmo. Perdoe-me. Por favor. Vou tentar não fazer mais isso. Prometo. Mas não consigo deixar de me preocupar. — Ele se afastou ligeiramente e encarou-a com um olhar intenso e tórrido.

— Quero você exatamente como é, menos a parte fria — disse ela, sorrindo por entre as lágrimas. Ela também fora egoísta, deixando que os medos a invadissem, esquecendo do passado de Sam e de como ele devia estar sentindo-se vulnerável.

— E se eu for quente demais? — perguntou ele com voz meio rouca.

Ela derreteu e sorriu ao encontrar o olhar dele, repleto de desejo. A máscara gelada desaparecera do seu rosto. — Então vou queimar feliz — respondeu, movendo-se para sentar de frente para ele sobre seu colo e passando os braços em volta de seu pescoço.

Sam colocou a mão na nuca de Maddie, puxando-lhe a cabeça com força para encontrar sua boca faminta. Ele a devorou, com a língua dançando com a dela de forma exigente. Ela estava sobre ele, mas, mesmo assim, era dominada. As mãos de Sam subiram para suas têmporas, enterrando-se nos cabelos para segurá-la firmemente no lugar.

Ela fez pressão contra o pênis inchado ao enterrar os dedos nos cabelos de Sam com voracidade, querendo-o dentro de si tão desesperadamente que gemeu. Ela estava perdida, sabia disso... e não se importava. Sentir o cheiro de Sam, seu gosto, aquele pênis enorme contra seu sexo a deixou selvagem, louca para tê-lo dentro de si. Os botões da camisa de manga curta foram arrancados e ela gemeu quando as mãos buscaram freneticamente a presilha do sutiã para acariciar os seios nus de forma possessiva. Ela ofegou ao afastar a boca e tirar a camisa rasgada e o sutiã, deixando que caíssem no chão. — Por favor, Sam. Preciso sentir você dentro de mim. — Levantando-se, ela parou em frente a ele e abriu o cinto que prendia a calça, tirando-a com a calcinha e ficando totalmente nua.

Ainda vestindo o terno cinza e a gravata, Sam parecia pronto para ir para uma reunião de negócios, até que ela olhou para o rosto dele e para a ereção enorme. Ele a devorou com os olhos, com expressão tão ardente e torturada que ela sabia que estava imaginando o ato... e precisando dele desesperadamente. Ele abriu o cinto e o zíper da calça, sem tirar o olhar ardente dela. — Sente em mim — pediu ele em tom exigente, tirando o pênis intumescido de dentro da calça.

Ela olhou para o membro enorme e para o terno caro. — Vai manchar o seu terno — disse ela hesitantemente. Mas ela se sentiu molhada com a ideia de sentar sobre ele, exatamente como estava, virando o mundo dele de cabeça para baixo enquanto estava vestido como um executivo poderoso.

— Se isso acontecer, ele passará a ser meu terno favorito. Vou mandar lavá-lo e usarei todos os dias, lembrando de como foi bom foder você com ele. Venha, agora — disse ele, abrindo os braços.

Ela sentou sobre ele, que colocou os braços em volta de seu corpo de forma possessiva. A boca de Sam buscou os mamilos sensíveis antes mesmo que ela estivesse totalmente sentada. Maddie arqueou as costas quando ele mordeu os mamilos gentilmente, com pressão suficiente para fazê-la perder o juízo. Movendo os quadris, ela esfregou o clitóris em Sam, gemendo com a sensação de estimular a si mesma contra o pênis rígido. Correndo as mãos pelas costas de Maddie, Sam agarrou-lhe o traseiro, deslizando uma das mãos entre os dois corpos por trás e acariciando as dobras molhadas.

— Caralho, você está tão molhada. — A voz dele estava tensa e ele mal conseguia se controlar.

— Eu preciso de você — sussurrou ela, inclinando-se para frente para morder o lóbulo da orelha dele, sentindo a barba por fazer contra a pele macia, o que aumentou a sensação selvagem que a invadia.

Freneticamente, os dedos de Sam penetraram-lhe a vagina. A respiração dele estava ofegante e quente contra seus seios quando ele parou de acariciá-los com a boca, inalando e exalando como se estivesse tentando recuperar o controle. A mão de Sam segurou uma das nádegas e a outra, que se afastou das dobras molhadas, subiu até o ânus, molhando-a com os próprios fluidos. Ela gemeu quando ele inseriu o polegar molhado gentilmente pelo esfíncter apertado.

— Ahh... — gemeu ela, jogando a cabeça para trás quando ele a penetrou um pouco mais fundo. Ela não sentiu dor. Foi um gesto tão erótico que quase gozou.

— Merda! — Sam tirou o polegar com o peito ofegante. — Desculpe. Desculpe — repetiu ele com voz confusa e rouca.

— O quê? O que foi? — Ela ergueu a cabeça para olhar para o rosto dele.

Ele estava suando, com gotas escorrendo pela testa e caindo na camisa branca, o rosto pálido e assombrado. — Desculpe — disse ele novamente. — Não faço isso. Não devia ter molestado você desse jeito. — A respiração dele estava pesada e o corpo inteiro tenso.

Ah, merda. É claro que Sam não fazia sexo anal... nada anal, por causa da experiência que teve no passado. Nem ela, mas a sensação de preenchimento fora erótica. Ele fora muito gentil e cuidadoso para não machucá-la. — Sam, você não me machucou. Foi bom. Foi gostoso e excitante.

— Eu não devia ter feito isso. Não devia ter feito. — Ele balançou a cabeça, com o suor ainda escorrendo pelo rosto. — Estava tão obcecado em estar dentro de você de todas as formas que esqueci.

Segurando o rosto dele, ela o forçou a encará-la. — Foi erótico. Adorei sentir você dentro de mim. Não estou pronta para sexo anal, mas você quase me fez gozar. Foi gentil. Você. Não. Me. Machucou. — Ela o encarou com os olhos cheios de amor.

— Você gostou mesmo? — perguntou ele com voz atônita e estudando-lhe o rosto em busca da verdade.

— Sim. Você tem minha permissão para me penetrar como quiser e quando quiser — respondeu ela em tom cheio de desejo. — Por favor. Preciso de você. — Ela queria tirar o olhar cheio de remorso do rosto dele e substituí-lo novamente por desejo.

— Preciso estar dentro de você, Maddie. Agora — murmurou ele desesperado.

Ela ergueu os quadris e ele segurou o membro rígido. Os dois gemeram juntos quando o pênis a penetrou. Descendo lentamente sobre ele, ela agarrou-lhe os ombros, com os músculos distendendo-se para aceitá-lo. Maddie ofegou quando ele a preencheu completamente, quase à beira do desconforto.

Ele agarrou-lhe a cintura, com a mandíbula cerrada e uma expressão feroz. Sam estava lindo naquele momento, com o desejo e a possessividade muito perto da superfície e o corpo tenso com desejo carnal.

Maddie gemeu quando ele investiu, enterrando-se nela o mais fundo possível. — Isso — disse ela ofegante. O ar em volta deles estava úmido, pesado e cheirava a desejo e necessidade. Os músculos internos dela se contraíram em torno do pênis pulsante, fazendo com que o corpo inteiro estremecesse.

O olhar se prendeu ao dela enquanto ele controlava as investidas, entrando e saindo da boceta apertada.

— Quero ir devagar. Quero saborear essa sensação. Mas você é tão incrível, doçura, que não vou aguentar — sussurrou ele.

Maddie sentiu como se estivesse prestes a incendiar. — Trepe comigo, Sam. Por favor. Adoro sentir você dentro de mim. Queria que pudéssemos ficar assim para sempre. — Ela gemeu quando ele se moveu mais depressa. O tecido elegante da calça de Sam acariciava-lhe as nádegas e a parte superior das coxas com cada movimento dele. O clitóris friccionava contra o zíper aberto, aumentando ainda mais sua excitação. Maddie se entregou a Sam, completamente perdida nas sensações ao fechar os olhos e jogar a cabeça para trás.

— Preciso de você, Maddie. Preciso de você — gemeu ele, com uma das mãos deslizando até seu traseiro. — Quero estar dentro de você em todos os lugares. Preciso disso. — Ele deslizou o polegar novamente no ânus dela, com a área já molhada, enquanto a penetrava repetidamente com o pênis.

— Ai, meu Deus, isso, isso. — A boceta se contraiu em volta dele em espasmos enquanto tremores sacudiam-lhe o corpo.

— Goze para mim, Maddie — pediu ele, agarrando-lhe a nuca e puxando-lhe a boca até a sua. Sam enfiou a língua entre seus lábios, penetrando-a de todas as formas possíveis.

Apesar de ela estar sobre ele, Sam continuava a dominá-la, exigindo, insistindo. A única coisa que ela podia fazer era baixar o corpo no mesmo ritmo das investidas furiosas e profundas... e gozar.

Afastando a boca, ela gritou, com o orgasmo invadindo-a como uma tempestade turbulenta e levando-a às nuvens.

— Caralho, caralho, caralho — gemeu Sam, penetrando-a com força quando o pênis pulsou, aliviando-se dentro do ventre dela. O polegar ainda entrava e saía do ânus de Maddie, de forma gentil e inconsciente, enquanto ele estremecia com o orgasmo violento.

Sam girou o corpo, afastando as mãos das coxas e do traseiro de Maddie. Ele caiu sobre o sofá, mantendo-a sobre si e passando os braços em volta de sua cintura. — Você vai me matar — murmurou ele, reduzindo a dureza das palavras ao beijá-la na testa, nas têmporas, nas bochechas e finalmente beijando-a suavemente nos lábios inchados. — Desculpe. Eu fiz de novo.

Maddie não precisou perguntar o que ele queria dizer. — Eu disse que podia, Sam. Você não está me violando. Por favor. Nada do que fazemos juntos é motivo para vergonha. Eu gostei. Eu queria. Quero você de todas as formas, em todos os lugares.

— Eu não tenho o menor controle com você, doçura — retrucou ele.

— Eu sei. E adoro a forma como me quer — sussurrou ela, deitando a cabeça em seu ombro.

— Adora, Maddie? Isso não a assusta? Porque, de vez em quando, isso me deixa muito assustado — disse ele, acariciando-lhe os cabelos.

— Não, Sam. Eu nunca teria medo de você. Talvez você me deixe enfurecida, mas a forma como me quer me deixa tão excitada que não consigo resistir. Quero você tanto quanto me quer — respondeu ela com sinceridade.

Ele balançou a cabeça negativamente. — Não, isso não é possível, doçura — disse ele, com a voz vibrando perto do ouvido dela.

— Então, você prefere ter controle? Trepar sem paixão? — perguntou ela curiosa.

— Claro que não. Eu não disse que não queria. Só disse que isso pode ser um pouco desconfortável — respondeu ele um pouco tenso.

Maddie correu o dedo pelo padrão listrado da gravata de Sam. — Nós nos acostumaremos — comentou ela divertidamente. — Não acredito que estou deitada aqui, totalmente nua, enquanto você parece pronto para sair e dominar o mundo.

— É bom começar a se acostumar. Nós vamos nos casar — retrucou ele. — E prefiro muito mais ficar aqui e dominar você.

A voz rouca e possessiva dele fez com que um arrepio lhe percorresse. — Não concordei em casar com você porque nunca se deu ao trabalho de pedir. Você exigiu. E, falando em exigir, o que faremos quanto ao carro?

— O que você quer fazer? — perguntou ele baixinho. — Eu quero que fique com ele. Era um presente e eu não pretendia ser um idiota. É grande, é resistente e tem todos os recursos de segurança conhecidos. Eu gostaria que ficasse com ele porque fico preocupado com a sua segurança. Nada pode acontecer com você, doçura. — Ele suspirou pesadamente.

Muito bem... assim é melhor. Pelo menos, ele não está sendo um idiota frio.

Maddie suspirou suavemente. — Está bem, eu fico com ele. Viu como foi fácil? Basta pedir com gentileza e eu respondo da forma como você quer — disse ela em tom divertido.

— Está tentando me treinar, mulher? — rosnou ele.

Maddie deu uma risada e perguntou: — E isso é possível?

— Não. Mas também não quero magoar você — respondeu ele. As mãos de Sam continuavam a acariciar-lhe as costas e os cabelos de forma possessiva e adoradora.

Erguendo a cabeça, ela o olhou com uma expressão divertida: — Então, você tentará não ser tanto um homem das cavernas?

— Foi o que a minha mãe disse — comentou ele com desgosto.

Maddie ergueu a sobrancelha. — Ela disse que você era um homem das cavernas?

— Sim. Mais ou menos. Mas não é verdade — retrucou ele indignado.

— Ah, Sam... é verdade, sim. — Maddie soltou uma gargalhada.

— Eu fui bonzinho em relação ao carro — argumentou ele.

— Depois de termos brigado por causa dele — relembrou ela, aproximando as sobrancelhas e desafiando-o a negar.

— Então, como diabos vou fazer com que você faça o que eu quero? — perguntou ele.

Maddie se moveu, saindo de cima dele relutantemente e ficando de pé ao lado do sofá. — Leve-me para o andar de cima e convença-me — sugeriu ela. — Você descobrirá que esse método é muito mais eficiente do que tentar mandar em mim como se eu fosse sua funcionária.

Ele se levantou rapidamente, pegando uma manta que estava sobre o encosto do sofá e cobrindo-a. Em seguida, pegou-a nos braços.

— Não tenho problema algum com esse método. Então, quando eu quiser alguma coisa, basta trepar com você até que concorde?

Ai, meu Deus. Maddie balançou a cabeça com um sorriso. Talvez não fosse um plano tão bom, no fim das contas. Ele provavelmente faria com que concordasse com qualquer coisa. — Sim — respondeu ela relutantemente, sabendo que provavelmente se arrependeria.

Sam abriu um sorriso malicioso que deixou seu rosto tão sensual que ela se sentiu excitada novamente.

— Quero muito de você, doçura. Quero tudo. — A voz baixa era deliciosa e cheia de pecado. — Talvez eu passe um bom tempo convencendo você.

O coração dela bateu mais forte ao encontrar o olhar cor de esmeralda. — Acho que consigo aguentar. — Soltando um suspiro, ela sorriu.

— Você acabará implorando. — Ele a olhou de forma arrogante.

A verdade era que isso provavelmente aconteceria e ela adoraria cada segundo. Maddie mordeu o lóbulo da orelha dele e, em seguida, passou a língua sobre ele. — Posso começar a implorar agora mesmo, se quiser — sussurrou ela em tom sensual.

— Puta merda, Maddie. Meu pau já está absurdamente duro — respondeu ele. — Você é provocante demais.

Ele saiu do escritório, atravessou a casa e subiu a escada com tanta pressa que ela sacudiu em seus braços, rindo enquanto corriam para o quarto. — Não sou provocante, pois pretendo fazer o que eu disse — murmurou ela.

— É provocante mesmo assim — resmungou ele. Ele a colocou gentilmente sobre a cama e começou a tirar as roupas. — E você vai casar comigo. Logo — exigiu ele, arrancando os botões da camisa ao tirá-la.

Maddie suspirou feliz ao observar Sam tirar as roupas freneticamente, revelando cada centímetro da perfeição masculina.

Um dia, Sam vai me perguntar se quero casar com ele.

Ela já sabia que diria sim. Se não tivesse certeza, não estaria fazendo sexo desprotegido com ele. Ela começara a tomar anticoncepcional, mas as coisas ainda eram um pouco arriscadas, da mesma forma como o homem que se aproximava dela podia ser um pouco perigoso.

Em sua nudez gloriosa, ele se aproximou da cama e puxou a coberta que a escondia, revelando-a como se estivesse desembrulhando um presente com um olhar de fascinação completa no rosto.

— Dê-me uma data. Nós vamos nos casar, caralho. Você é minha — disse ele, cobrindo-lhe o corpo com o seu e prendendo-lhe as mãos sobre a cabeça.

Maddie derreteu quando a pele quente encostou na sua. O alívio do contato fez com ela ignorasse o comentário. O comportamento gelado dele a magoava, mas a atitude de macho alfa a deixava louca. O comportamento dominante fazia com que o quisesse dentro de si.

Sabendo que nunca domaria Sam e que, na verdade, não queria fazer isso, ela aceitou a boca exigente que cobriu a sua, prendendo-se no homem que era dono de seu coração, seu corpo e sua alma... e que sempre fora.

Capítulo 12

Duas noites mais tarde, Maddie tomava champanhe em um dos salões mais elegantes da cidade, tentando desesperadamente não parecer entediada. A única coisa que a impedia de ficar totalmente alheia era observar Sam em seu ambiente, charmoso e urbano, lindo e sensual.

Escondendo o sorriso atrás do copo elegante, ela o estudou abertamente, ainda tentando aceitar o fato de que ele realmente a queria, precisava dela. Maddie já sabia que Sam conseguia usar um terno com estilo, mas não deixou de notar que ele estava completamente confortável naquele lugar elegante, uma festa de caridade na qual pedira que o acompanhasse.

Usando um vestido de festa preto comum e saltos altos, ela se sentia incrivelmente deslocada, como um peixe fora d'água. Maddie tinha certeza de que todas as mulheres usavam vestidos exclusivos, com etiquetas caras, e que nenhuma delas usava joias comuns.

Mas Sam foi completamente sincero ao dizer que eu estava linda. E ele é o único que importa.

Ela suspirou quando Sam abriu um sorriso charmoso para uma mulher mais velha, um sorriso carismático que deixou a pobre mulher corada como uma adolescente. Sim, Sam adorava mulheres de todas as idades e Maddie percebeu que todas ficavam encantadas com ele. Estranhamente, ela não estava com ciúmes. A pessoa que via era apenas uma parte muito pequena do homem que ela conhecia, o rosto da Corporação Hudson, o Sam Hudson público, o bilionário elegante.

Mas ele é... muito mais.

Maddie guardou aquela informação perto do coração, amando o fato de que conhecia o verdadeiro Sam Hudson, um macho alfa ardente com um lado terno que derretia-lhe o coração de tal forma que ela não podia fazer nada além de aceitar que o amava. Sempre amara. Sempre amaria.

Para ela, havia apenas Sam. Aquela conexão básica e elementar se concretizara quando se conheceram e ela nunca conseguira se livrar disso. Ela aceitava o fato de que Sam era seu único homem, que, durante toda sua vida, não houvera mais ninguém. Fora assustador, mas também emocionante, encontrá-lo novamente, descobrir que ele sentira sua falta tanto quanto ela sentira falta dele durante todos aqueles anos.

Eu só queria ter descoberto a verdade antes. Saber como ele sofreu no passado.

Maddie soltou a respiração trêmula, feliz por ter uma segunda chance. Ela e Sam quase não se encontraram novamente. Ela era uma mulher da ciência, mas tinha que admitir que, algumas vezes, o destino não podia ser negado.

Os olhos de Sam percorreram o salão, como se estivessem procurando-a. Ele a encontrou e lançou-lhe um olhar ardente que Maddie sabia ser reservado apenas a ela. Sua respiração ficou mais rápida quando ele a encarou de forma aberta e possessiva, demonstrando exatamente o que pensava. A comunicação silenciosa fluiu entre os dois, com o calor quase insuportável, fazendo com que tivesse vontade de tomar um banho frio.

Era para eu ter ido ao banheiro. Agora ele quer saber por que estou aqui parada, sozinha, observando-o.

Na verdade, ela fora na direção do banheiro, mas parara para pegar uma bebida e acabada hipnotizada, observando aquele homem maravilhoso despejar o charme sobre as pessoas à sua volta.

Abrindo um sorriso leve, ela ergueu o copo na direção dele e virou-se para subir a longa escada até o banheiro.

— Precisa de um acompanhante? — perguntou uma voz baixa e amigável ao seu lado.

Maddie parou no primeiro degrau. — Max! — exclamou ela, feliz ao ver o rosto sorridente dele. Incapaz de se conter, ela o abraçou com força. — Que bom ver você.

Ele a abraçou de volta e, com um sorriso contente, ofereceu o braço, que Maddie aceitou com prazer. Meu Deus, como ele era bonito. Não havia uma centelha de química entre eles, mas havia algo nele que cativara seu coração. Esteticamente, ela podia olhar para ele e apreciar como era bonito e como estava elegante no terno preto. Ele era um homem incrivelmente atraente e doce. Ainda assim, não parecia ter uma acompanhante. Talvez fosse cedo demais.

— Está se divertindo? — perguntou Max ao conduzi-la escada acima.

— Na verdade, não — respondeu ela com sinceridade. — Não sei como você e Sam conseguem fazer isso o tempo todo.

— Fazer o quê? — perguntou ele curioso, parando no topo da escada ao lado dela, com uma expressão confusa no rosto.

Ela o soltou e deu um passo atrás. — Isso. Tudo isso. — Ela gesticulou em volta do salão. — Acho que não sou uma pessoa da alta sociedade — disse em tom suave. — A única coisa boa disso é ver todos os homens bonitos de terno. — Ela deu uma piscadela.

— Um em particular — respondeu ele em tom divertido. — Vi a forma como olhava para Sam. Duvido que soubesse que havia mais algum homem no salão. — Em tom mais sério, continuou: — Você parece feliz, mesmo estando um pouco entediada. Depois de algum tempo, acabará se acostumando. — Ele deu de ombros. — É praticamente uma obrigação que acompanha o dinheiro. É uma troca justa.

Maddie deu de ombros, supondo que o que ele dizia era verdade. Havia certas partes de ser médica de que ela também não gostava, mas se acostumara a lidar com elas. Para Sam, estava disposta a fazer quase tudo.

— Encontro você mais tarde, Maddie. Preciso conversar uma coisa com você — disse Max casualmente ao se separarem.

Ela acenou de leve para Max, andando em direção ao banheiro feminino quando ele saiu, provavelmente em direção ao banheiro masculino.

Maddie usou o banheiro rapidamente e parou para lavar as mãos, observando-se no espelho. Tentara fazer um penteado mais elegante e a maquiagem estava decente, mas ela estava tão... comum. E tão incrivelmente diferente de todas as mulheres lindas daquele evento de caridade. No entanto, depois de conversar com algumas delas, não se sentira mais terrivelmente deslocada. Ela era médica e conseguia detectar uma cirurgia plástica a quilômetros, além de ter notado que algumas das mulheres pareciam anoréxicas. Apesar de Maddie ter tentado participar das conversas, pouquíssimas das mulheres conseguiam falar de outra coisa que não fosse de atividades sociais, moda ou outro assunto sem importância.

Sam precisa de mim. Precisa de uma mulher com quem possa conversar no fim do dia. E precisa de amor. Desesperadamente.

Ela secou as mãos com um pequeno suspiro, sabendo que Sam provavelmente tentara sempre se rodear de pessoas para esconder o próprio vazio. Era algo que não dava certo. Ela tentara usar aquele truque, trabalhando o tempo inteiro até que estivesse exausta, preenchendo todas as horas do dia com trabalho. Mas o vácuo permanecera. Escondido, mas sempre presente. Um vazio que somente Sam conseguira preencher.

Abrindo a porta, ela saiu para o corredor e andou em direção à escada. Maddie ouviu a discussão ao chegar ao primeiro degrau, duas vozes masculinas furiosas vindas da direção contrária.

— Eu sei que você telefonou para ela. Que a levou para jantar. Quero que a deixe em paz. Ela pertence a mim. Sempre perteceu. Eu preciso dela, caralho. — A voz furiosa de Sam era fácil de reconhecer.

— Quero ser amigo dela — argumentou Max com voz firme.

— Você quer foder Maddie. Você sente alguma coisa por ela e não o condeno. Mas ela é minha. Sempre foi minha. Não consigo viver sem ela. Portanto, encontre outra mulher para você — gritou Sam.

— Não quero foder Maddie — retrucou Max, com a voz agora mais perto da escada, obviamente afastando-se de Sam.

Maddie viu que eles vinham em sua direção, mas não a viram. Os dois homens estavam prestes a brigar, lançando olhares irritados e hostis um ao outro.

— Você a quer na sua cama, mas isso não vai acontecer — rosnou Sam.

— Ora, pelo amor de Deus, Sam. Deixe de ser tão egoísta por um minuto e escute. Não estou nem um pouco interessado em incesto. — A mandíbula de Max estava tensa e as mãos fechadas em punhos quando ele acrescentou: — Maddie é minha irmã. Ela é minha parente.

Sam pareceu ficar sem palavras, pois não respondeu. Só ficou encarando Max com expressão atordoada.

Maddie ficou imóvel. Os dois homens estavam a poucos metros dela, mas estavam tão concentrados na conversa que não tinham notado sua presença.

Max respirou fundo e passou a mão pelos cabelos. — Nós fomos separados. Eu fui adotado, ela não. Eu nem sabia da existência dela até vê-la no casamento. Ela é a imagem de nossa mãe biológica. E nós dois temos os mesmos malditos olhos. Depois de investigar meus registros de adoção, descobri que ela é minha irmã. Eu ia contar a ela, mas ainda não tive a oportunidade. Eu queria mesmo era contar primeiro a ela.

Maddie tentou digerir a informação. O cérebro atordoado tentou reconhecer o fato de que tinha um irmão. Mas a ideia era tão surreal que não sabia ao certo como reagir.

Alegria.

Confusão.

Negação.

Ela tinha um irmão e nunca tivera ciência disso. Um irmão que não sabia que existia.

Max Hamilton é meu irmão. Não é de se admirar que eu me sinta tão ligada a ele.

Ela soltou uma exclamação e o barulho ecoou pela área fechada. Os dois homens viraram a cabeça em sua direção. A intensidade no rosto deles fez com que ela cambaleasse e o salto prendeu no carpete luxuoso da escada.

Ela estendeu a mão para se segurar no corrimão, mas errou. Foi incapaz de evitar uma queda que sabia que aconteceria, pois o corpo estava desequilibrado. Por um instante muito breve, ela encontrou o olhar de Sam, sentindo-se gelada pelo medo que viu.

Tudo aconteceu em câmera lenta, um momento aterrorizante de que ela sabia que se lembraria para sempre. Ela gritou ao ver Sam saltar com expressão determinada sobre o corrimão que protegia uma longa descida até o andar inferior. Ele saltou em direção a Maddie quando ela tropeçou, com o corpo enorme voando para uma queda traiçoeira que possivelmente o mataria ou, pelo menos, causaria ferimentos graves. Max estava bem em frente a Sam e o irmão não percebera que ela tropeçara. Portanto, Sam escolhera o caminho mais rápido até ela, a única forma de colocar o corpo em frente ao dela. Os dois caíram pela escada, mas Sam ficou por baixo, colocando os braços em volta dela de forma protetora, usando o próprio corpo como escudo.

A queda até o pé da escada foi um pesadelo e Maddie não conseguiu fazer nada além de gritar contra o peito de Sam, cujo braço estava em volta de sua cabeça. O corpo dele absorveu as batidas durante o mergulho até o pé da escada ao caírem em uma velocidade assustadora, rolando sem parar até que, finalmente, pararam. As costas de Sam bateram no chão com uma força brutal o suficiente para deter a queda, deixando-o deitado sobre ela.

— Sam! Sam! — A voz de Maddie estava frenética e aterrorizada ao gritar o nome, em pânico por ele ter se ferido.

Ele não se mexia e o peso do corpo estava inerte sobre ela.

Ai, meu Deus. E se ele estiver ferido? Não quero movê-lo. Ele pode ter ferido a espinha. Por favor, por favor, faça com que ele esteja bem.

— Maddie! Sam! Vocês estão bem? — Maddie ouviu a voz de Max quando ele se abaixou perto deles.

A voz assustada de Max fez com que ela saísse do ataque de pânico. Ela precisava fazer alguma coisa. O corpo inteiro tremia e ela estava ofegante como se tivesse acabado de correr a maratona ao responder: — Estou bem. Não sei se Sam está. Ele não está se mexendo. Estou com medo de movê-lo. Não sei o quanto ele está ferido.

Ela tentou pensar, deixar de lado as lembranças horríveis do momento em que ele saltara para protegê-la com o próprio corpo. Ele não pensara na própria segurança e a única ideia fora de agarrá-la e impedir que se machucasse.

— Ai, meu Deus, Sam, fale comigo. Por favor — sussurrou ela, implorando para que dissesse alguma coisa. O corpo inteiro estava tenso com a agonia e não saber se ele ficaria bem. — Eu amo você. Amo muito você. Esteja bem, por favor.

— Talvez eu só goste demais desta posição, doçura. — A voz dele foi um sussurro rouco, que ela mal conseguiu ouvir. Maddie sentiu a respiração quente dele no ouvido, que tinha a boca encostada em sua têmpora.

Ai, meu Deus, ele está vivo.

O coração de Maddie bateu com força dentro do peito e tão depressa que ficou meio tonta. — Não se mexa. Não sei qual é a extensão dos seus ferimentos — sussurrou ela de volta.

— A ambulância está a caminho — disse Max em tom urgente, tentando reconfortá-la.

— Ele está vivo — respondeu ela, com os olhos encontrando os do irmão recém-descoberto, muito parecidos com os seus.

Sam começou a se mexer, gemendo ao tentar sair de cima dela.

— Eu falei para não se mexer — disse ela em tom firme.

— Nossa, doçura... adoro quando você dá uma de médica mandona e *sexy* — comentou ele com a voz embolada. — Estou esmagando você.

— Não importa. Fique quieto — exigiu ela. — Espere.

— Vai dizer de novo que me ama? — perguntou ele, apoiando parte do peso nos braços.

Ela ergueu os braços e passou-os em volta dele, segurando-o no lugar. — Sim, eu amo você. Eu amo você. Eu amo você, Sam. Agora, fique parado até a ambulância chegar.

— Doçura, ficarei aqui para sempre para ouvir isso — murmurou ele em seu ouvido. — Quer casar comigo?

Se ela não estivesse com tanto medo, teria sorrido. Sam decididamente estava usando a situação a seu favor, mas ela não se importou. Desde que estivesse bem, ela faria qualquer coisa que ele quisesse, daria tudo o que pedisse.

— Sim — concordou ela sem fôlego. — Eu sempre pretendi dizer sim.

— Sabia que estava só me provocando — resmungou ele.

— Mas pretendo fazer isso — informou ela em tom terno, acariciando-lhe de leve os cabelos aliviada por ouvi-lo conversar.

— Acho muito bom — retrucou ele.

Naquele momento, Maddie percebeu que Sam estava bem. As lágrimas correram pelo seu rosto e ela apertou-o com mais força, tentando mantê-lo seguro até que a ambulância chegasse.

O olhar de Max encontrou o dela, confortando-a silenciosamente, tentando lhe dizer que tudo ficaria bem. A mão dele cobriu a sua, quente e gentil, apoiando-a enquanto ela continuava a segurar Sam. Eles ficaram naquela posição até que os paramédicos chegassem.

Capítulo 13

— É verdade, Max? Você é mesmo meu irmão? — perguntou Maddie com voz trêmula.

Sam fora levado à radiologia para ver se havia alguma lesão na espinha enquanto Max e Maddie aguardavam sozinhos em uma sala na seção de emergência, sentados um ao lado do outro de mãos dadas.

A mão dela tremeu ligeiramente quando os eventos da noite a atingiram. Era tão fantástico... mas, antes mesmo de fazer aquela pergunta a Max, ela soube que era verdade. Sentia aquilo no fundo da alma. Max Hamilton era realmente seu irmão.

Maddie olhou para ele e sorriu. Max tinha razão. Eles tinham os mesmos olhos, um tom incomum que tinha um padrão dourado em volta da pupila, rodeado de uma íris marrom esverdeada. Quando ela encontrara Sam pela primeira vez, ele dissera que a cor da íris o lembrava do sol. Mais tarde, dissera que ela era a luz de sua vida.

Max apertou a mão dela um pouco mais. — É verdade. Eu tinha que ter certeza antes de dizer alguma coisa, mas senti isso no fundo do coração. Soube no momento em que a vi que tínhamos alguma relação. — Ele soltou a mão dela, pegou a carteira do bolso e tirou uma fotografia antiga de dentro dela, um retrato pequeno parecido com os que tiravam na escola. — Esta é nossa mãe biológica — explicou ele, entregando a fotografia a Maddie. — Esta é a fotografia de formatura do segundo grau. Você é muito parecida com ela.

Ela pegou a fotografia, examinando o rosto jovem e o sorriso despreocupado. A mulher realmente era parecida com ela, com os cachos vermelhos e olhos cor de amêndoa, e feições muito similares. — Ela ainda está viva? — perguntou Maddie curiosa. — Você a conheceu?

Frustrado, Max passou a mão pelos cabelos. — Não. Ela morreu no final dos anos 1980 em um acidente de carro com o terceiro marido que estava bêbado.

Maddie nunca conhecera aquela mulher. Ainda assim, teve uma sensação de perda. Talvez sempre esperara que um dia a verdadeira mãe a encontrasse, que a mulher que lhe dera à luz realmente a quisesse, mas tivera que desistir dela. Admitindo para si mesma que provavelmente torcera por aquele cenário romântico, Maddie sabia que fora por isso que nunca investigara muito os próprios registros nem tentara procurar a mãe biológica. Se não soubesse a verdade... sempre haveria a esperança. Na juventude, a ilusão de que a mãe a procuraria acabou levando Maddie de um orfanato a outro, desesperadamente agarrando-se à esperança de que os pais a quiseram, mas não puderam ficar com ela, que realmente a amavam. Mais tarde, ela simplesmente não quis mais saber a verdade, pois o coração estava magoado e ferido pelo excesso de rejeição e dor.

Segurando a fotografia, Maddie respondeu em tom suave: — Não sei muito mais além do fato de que o nome dela era Alice Messling e que o nome do meu pai era Victor Dunn. Obviamente, não eram casados e mal tinham feito dezoito anos — comentou ela, olhando para o rosto da mãe. — Você sabe de mais alguma coisa? — perguntou ela, pronta para ouvir a resposta. Ela tinha Sam agora... e Max. O que estava no passado não a magoaria mais.

Max pegou a mão dela novamente ao responder: — Eles não estavam casados quando você nasceu, mas casaram-se antes de eu nascer. Você tinha dois anos e eu era bebê quando nosso pai morreu. Ele foi atingido por um carro quando estava indo para o trabalho um dia de manhã. A morte dele deixou nossa mãe sem nada além de duas crianças e nenhum dinheiro, sem ter como sobreviver. — Ele suspirou pesadamente antes de continuar. — Pelas informações que descobri, ela teve que desistir de nós. Prefiro pensar que ela estava preocupada com o nosso bem-estar. Ela se casou mais duas vezes, provavelmente porque foi a única forma que encontrou de sobreviver.

Virando-se para Maddie, com um olhar cheio de remorso, ele acrescentou: — Eu não sabia, Maddie. Se soubesse, teria movido montanhas para encontrar você. Eu tive sorte. Fui adotado quase imediatamente. Meus pais já eram ricos e eu fui totalmente mimado enquanto você passava de um orfanato para outro. Eu sinto muito. — A voz dele falhou com emoção e tristeza. — Eu achei que estava sozinho depois que meus pais morreram.

Maddie o encarou nos olhos, sentindo o peito doer por causa das lágrimas não derramadas. — Eu também não sabia. Não é culpa sua, Max. Só estou feliz por estar aqui agora. — E ela estava feliz. O coração transbordava de alegria.

Maddie tinha Sam, tinha um irmão e tinha amigos que se importavam com ela. Para uma mulher que se sentira indesejada no passado, era tudo de que precisava.

— Eu também, Maddie. Quero conhecer você, ser seu irmão. O que acha? — perguntou Max hesitante.

As lágrimas correram pelo rosto dela ao olhar para o irmão preocupado, ainda muito bonito apesar do terno amarrotado. — É claro, eu sempre quis ter um irmão — disse ela entusiasmada, soltando a mão dele e passando os braços em volta de seu pescoço, agarrando-se a ele como se a conexão já estivesse selada. Desde o primeiro dia, Max fizera aflorar seus instintos protetores, uma necessidade de diminuir a dor que ele sentia. Talvez não acontecesse naquele dia ou no dia seguinte, mas ela estava determinada a vê-lo feliz novamente no futuro.

Maddie suspirou quando Max passou os braços em volta dela em um abraço apertado. — Encontrar você foi algo que eu nunca esperei, mas estou grato. Só queria tê-la encontrado mais cedo. Odeio saber pelo que passou durante a infância. Não deve ter sido fácil.

Ela se agarrou a ele, com as lágrimas correndo pelo rosto, já percebendo que Max era um homem de sentimentos profundos.

Ah, Max. Você precisa se curar. Sinto tanta dor dentro de você.

Maddie sentiu a solidão de Max no desespero do abraço dele. O irmão estava sofrendo, mas ela não podia fazer nada além de abraçá-lo com força, torcendo para que a alegria de tê-lo encontrado de alguma forma tocasse a alma vazia.

— Ei... tire essas patas tristes de cima da minha noiva. — O rosnado de Sam soou divertido. Max e Sam trocaram um sorriso, ambos aliviados por não precisarem mais brigar.

Maddie soltou o irmão, virando-se para Sam com uma expressão preocupada. — O médico disse que você podia caminhar? — perguntou ela.

O coração de Maddie dançou feliz quando ela olhou para Sam, ainda com a calça do terno, vestindo um pijama de hospital. Havia contusões e ferimentos por toda parte, mas ele nunca parecera tão bonito. O sorriso era ligeiramente dolorido e o andar feroz normal estava mais lento devido à dor dos ferimentos. Mas continuava maravilhosamente bonito, especialmente porque ela temera que ele tivesse ficado gravemente ferido.

Ele abriu um sorriso malicioso. — Sim, Dra. Mandona, disse. Eu fiz com que ele fosse à radiologia olhar os exames imediatamente. Não queria ficar preso naquela coisa desconfortável por mais tempo do que o necessário. — Ele andou na direção dela lentamente e beijou-a no rosto.

A respiração de Maddie acelerou e ela ficou imaginando como um beijo inocente podia ser tão sensual.

Porque cada toque de Sam é cheio de intimidade e isso me emociona. Muito.

— Então, está tirando vantagem do seu poder financeiro de novo para que a equipe médica faça as suas vontades? — perguntou Maddie, tentando manter o tom sério. Ela tinha quase certeza de que Sam não fizera um pedido educado ao médico. Sam exigira... e, como era um doador generoso do hospital, conseguira o que queria.

— Você é médica e isso nunca funcionou — resmungou ele.

Maddie cruzou os braços sobre o peito, erguendo a sobrancelha ao encará-lo. — É porque eu conheço você há muitos anos. Esse sorriso charmoso não funciona comigo — informou ela, fazendo esforço para não rir.

Sinceramente, ela mal conseguiu se conter, pois queria se jogar nos braços dele e segurá-lo até se convencer de que ele ficaria bem. A lembrança do momento em que ele saltara sobre o corrimão, jogando-se em frente a ela para protegê-la continuava assombrando-a como um pesadelo terrível. Que homem faria algo assim?

Um homem que se importa mais comigo do que com a própria vida.

— Você me ama. Eu sei disso — disse Sam com voz rouca. Havia um timbre divertido, mas vulnerável. Ele acariciou-lhe o rosto ao dizer aquilo.

Maddie sorriu, incapaz de se conter. Ela ouvira Simon e Sam implicando um com o outro tantas vezes, ouvira Sam dizer ao irmão aquelas mesmas palavras. A resposta de Simon para aquele comentário em particular era quase sempre "Hoje não".

Ela pegou a mão dele e segurou-a sobre o rosto, com o coração batendo depressa ao responder suavemente: — É, na verdade, sim. Eu amo você em todos os momentos de todos os dias. — Havia outra resposta a dar a ele? Sam precisava de amor e ela nunca mais fingiria que ele não era seu mundo. Não pretendia mais esconder os sentimentos. Ele a assustara muito naquela noite. A vida era curta demais para não dizer exatamente o que sentia.

Os olhos dele brilharam como uma pedra preciosa. — Nossa, doçura... a sua resposta é muito melhor que a de Simon — comentou ele emocionado, com o olhar prendendo-se ao dela e dizendo um mundo de coisas. — Você tem ideia de quanto tempo esperei até ouvir essas palavras?

Maddie balançou a cabeça, incapaz de falar.

— A vida inteira — respondeu ele enfaticamente, entrelaçando os dedos nos dela com tanta força que quase causou dor. — Vamos para casa.

— Você não foi liberado para ir embora e ficará aqui até que eu fale com o médico — retrucou ela. Sam não sairia do hospital até que ela descobrisse todos os ferimentos que sofrera.

— Sua tirana — acusou ele com um sorriso charmoso. — Isso é muito excitante. Pode fazer o papel de médica quando chegarmos em casa?

Maddie estremeceu. A ideia de examinar detalhadamente o corpo de Sam seria excitante se ele não estivesse machucado. Ignorando as insinuações sexuais dele, ela respondeu: — Você precisa ir com calma. Estará todo dolorido.

Sam fez uma careta e abriu a boca para argumentar, mas o médico encarregado da sala de emergência entrou antes que pudesse responder.

Maddie conhecia o médico mais velho e aproximou-se dele para discutir o tratamento e os cuidados necessários para os ferimentos de Sam. Pelo canto do olho, ela viu Max ajudando Sam a recolocar a camisa, mas não o casaco para evitar desconforto. Sam estava resmungando, irritado com qualquer coisa que o atrasasse.

No momento em que o médico saiu da sala, Sam andou de forma determinada em direção à porta.

— Ei, ei... precisamos pegar a receita e você precisa assinar os papéis da alta, Sam. — Ela segurou gentilmente a parte de trás da camisa dele quando ele pegou sua mão e tentou arrastá-la para fora do hospital.

— Vamos embora — retrucou ele, puxando-a pela mão. Max estava logo atrás dela.

Ela lançou um olhar para o irmão, cujo rosto se iluminou ao ver Sam se arrastar em direção à porta.

Max deu de ombros e Maddie revirou os olhos. Por sorte, a enfermeira os encontrou na porta. Sam pegou a caneta e rabiscou o nome nas instruções da alta, mal parando de andar. Maddie pegou os papéis e retirou a receita, sorrindo para a enfermeira ao seguir Sam.

— Não preciso da merda dos remédios. A única coisa de que preciso é você — resmungou ele, caminhando para a saída e apertando a mão dela.

Não foi um gesto romântico nem gentil, mas, vindo de Sam, o comentário foi tocante e fez Maddie suspirar.

Vinte minutos depois, eles chegaram em casa.

— Por que não tirou minha virgindade quando éramos jovens? — perguntou Maddie ao deitar o mais perto possível que ousava ao lado de Sam na cama imensa. Ele tentou puxá-la, mas ela se afastou, preocupada com o fato de poder machucá-lo.

As costas e as pernas de Sam estavam cheias de hematomas e ele distendera alguns músculos. Por sorte, não tivera fratura alguma, mas sentia dores por todo o corpo. Ela percebia pela forma como andava com uma expressão de dor. Maddie tirara toda a roupa dele e colocara-o na cama. Em seguida, colocara uma camisola de seda e deitara-se ao lado dele, depois de praticamente forçá-lo a tomar um dos analgésicos.

— Não consegui fazer isso — respondeu ele hesitante, passando a mão pelos cabelos como se estivesse frustrado, sem saber ao certo como responder.

Talvez, algum tempo antes, Maddie entendesse aquela resposta como rejeição. Mas não agora. Não depois de tudo o que acontecera entre eles. Ela já sabia a resposta, mas queria que ele lhe contasse.
— Por quê? — perguntou baixinho. — Foi porque você foi atacado e molestado? — Ela estava cansada de evitar o assunto.

— Você sabia? — perguntou ele em voz baixa e atônita.

— Eu li seus registros médicos, Sam. Lembra? Esses registros também estavam lá — admitiu ela, pegando a mão dele para reconfortá-lo.

— Merda! — xingou ele, apertando a mão dela com força e com o corpo tenso. — Eu nunca quis que você soubesse. Você não deveria saber. Eu fui maculado. Não merecia você. Fui um rato de esgoto e deixei que homens usassem meu corpo. — A voz dele estava atormentada.

— Você foi molestado — insistiu Maddie indignada. — Não há nada do que se envergonhar, Sam. Não foi culpa sua. — Ela se apoiou sobre o cotovelo, conseguindo ver o rosto dele banhado pelo luar, mas não seus olhos. Sam estava deitado de costas com o corpo rígido e imóvel.

— Não fui molestado. Deixei que eles fizessem aquilo — respondeu ele.

— Para proteger Simon — acrescentou ela. — Para que o deixassem em paz.

— Não importa o motivo. Eu concordei — retrucou ele tenso.

— Importa, Sam — disse ela baixinho, erguendo a mão para acariciar o rosto dele. — Fale comigo sobre isso — pediu ela.

Como poderia dizer a ele que fora ainda mais corajoso por se sacrificar por Simon? Ele se submetera à dor e à humilhação para evitar que o irmão mais jovem fosse vítima, com o pai recebendo o pagamento em drogas e álcool pelo uso do corpo do filho.

Sam soltou um suspiro. — Ouvi os homens conversando com o meu pai uma noite, tentando fazer um negócio. Era um bando de escrotos doentes da organização que gostava de comer garotos. Eles queriam Simon porque ele era jovem e inofensivo. Meu pai iria concordar. Ele queria deixar que fizessem aquilo com Simon. Puta merda. Como um homem pode sacrificar o filho desse jeito por qualquer motivo que seja? — O peito de Sam subia e descia pesadamente. — Simon estava no ensino fundamental, ainda era muito inocente e jovem, caralho. Eu disse ao meu pai que o mataria se tocasse em Simon. Ele respondeu que já tinha concordado e que todos nós correríamos perigo se desistisse. Portanto, deixei que o imbecil me entregasse a eles no lugar de Simon.

Maddie correu a mão gentilmente pelo rosto e pelos cabelos dele. Aquele homem doce, protetor e corajoso oferecera a si mesmo no lugar do irmão mais novo. — Eles machucaram você — sussurrou ela com os olhos enchendo-se de lágrimas.

— Eu não queria que você soubesse, Maddie. — A voz dele estava estrangulada, mostrando o quanto falar sobre o assunto o atormentava. — Você me perguntou como consegui as cicatrizes nas costas. Foi quando doeu tanto que lutei contra eles. Eu deixava, mas, na maioria das vezes, eles tinham que me bater até que eu ficasse submisso.

— Meu pobre Sam. Eu amo você, querido. Odeio a dor que sofreu e, se pudesse encontrar esses homens, eu provavelmente os mataria. Foda-se meu juramento — respondeu ela furiosa. — Não foi culpa sua. Você foi muito heroico e corajoso. E foi molestado, estuprado e atacado, sim. Importa que você se submeteu a isso para poupar Simon daquela dor. É ainda mais terrível. — Maddie terminou com um soluço que não conseguiu reprimir.

— Não chore, por favor. Foi há muito tempo — respondeu Sam hesitante, soltando a mão dela e envolvendo-a com o braço forte para puxá-la para mais perto.

— Não faça isso. Você está sentindo dor — avisou Maddie.

— Doerá mais ainda se você resistir — retrucou ele. — E dói muito não ter você perto de mim.

O coração de Maddie derreteu e ela tentou ficar o mais imóvel possível. — Simon sabe? — perguntou ela.

— Não. Ninguém sabe, exceto o psicólogo e agora você. Minha mãe se odiaria por isso. Simon também.

— A terapia ajudou?

— Sim. Na maioria dos problemas. Acho que ainda não superei o fato de ser tocado. Normalmente, eu me esforçava muito para dar prazer a uma mulher para que ela não se importasse se me tocaria ou não — disse ele com sinceridade.

— Eu me importo. Quero tocar você, Sam. Quero lhe dar prazer — disse Maddie com a voz suave e cheia de amor. — Quando éramos mais jovens, fiquei confusa. Achei que me queria, mas você nunca me levou para a cama.

— Eu queria você — respondeu ele, puxando-a para mais perto. — Eu falei sério quando disse que sonhei com isso durante anos. Você foi a melhor coisa que aconteceu comigo, mas eu me sentia sujo e maculado, não a merecia.

— E agora? — perguntou ela, apoiando-se no cotovelo e passando a mão pelo peito dele.

— Agora não consigo me segurar. Você já teve a oportunidade de encontrar um homem melhor. Está presa ao meu lado — respondeu ele, acariciando-lhe os cabelos. — Você concordou em casar comigo.

— Não existe homem melhor para mim, Sam. — Maddie correu o dedo de leve pelo peito dele, fazendo desenhos de borboleta em seu abdômen.

— Pare de me tocar ou acabará deitada de costas em cinco segundos — avisou Sam com a voz cheia de desejo.

— Não está sentindo dor? — perguntou ela, detendo o dedo na cintura da cueca.

— A única coisa que está doendo agora é meu pau. E não foi porque caí da escada. Pelo amor de Deus, Maddie. Só preciso pensar em você, sentir seu cheiro, seu toque, e estou pronto para entrar em você. — Sam gemeu, baixando a mão para cobrir a dela.

— Você não vai fazer sexo agora. Está muito machucado. Não será agradável — retrucou ela em tom sério.

— Será um inferno se eu não fizer — respondeu ele. — Preciso demais de você.

— Eu quero tocar em você — sussurrou ela, soltando a mão e deslizando-a sob a cueca. — Você deixa? Por favor. Quero que fique deitado quietinho. Eu cuidarei de você. Pode fazer isso?

Maddie prendeu a respiração. Ele poderia ou não confiar nela. Com o passado que tinha, ela sabia que não seria fácil.

— Se você me tocar, duvido que eu consiga ficar quieto — avisou ele com diversão forçada. Ele tirou a mão e entrelaçou as duas atrás da cabeça. — Mas vou tentar. Eu confio em você, doçura.

Ela soltou a respiração em um suspiro audível, deslizando a mão ainda mais para dentro da cueca para encontrar o pênis rígido. Ela passou os dedos pela pele lisa do membro enorme, usando o indicador para espalhar delicadamente uma gota de líquido da cabeça em volta da área sensível.

Maddie sentiu o corpo de Sam ficar tenso e manteve o toque bem leve. Beijando repetidamente a têmpora dele, ela sussurrou: — Você é tão gostoso. Tão duro. Eu queria tocar você há muito tempo.

— Caralho, Maddie — disse ele com um gemido agoniado.

— Sim — disse ela suavemente em seu ouvido.

— Seu toque é tão bom. Tão diferente — respondeu ele com voz rouca. — Não dói.

— Nunca — concordou Maddie. — Somente prazer. — Ela ficou de joelhos, segurando o elástico da cueca e puxando-a gentilmente para baixo.

Sam ergueu os quadris para que ela tirasse a cueca.

— Não se mexa muito — relembrou ela ao segurar o pênis com a mão, movendo-a sensualmente para cima e para baixo.

— Certo — respondeu ele, erguendo a pélvis para que ela o acariciasse com mais força.

Abaixando-se ainda mais até que o rosto estivesse na altura da cintura dele, ela perguntou: — Posso sentir o seu gosto? Por favor?

Não havia nada que ela quisesse mais do que sentir o gosto da essência de Sam, mas não queria fazer aquilo sem a permissão dele. Não até que ele se acostumasse a ser tocado com amor, em vez de violência.

— Vai ser tão bom quanto os seus dedos? — perguntou ele.

— Melhor — respondeu ela com um sorriso.

— Então, pelo amor de Deus, faça isso — exigiu ele.

Maddie relaxou, abaixando a boca até o pênis, determinada a transformar aquilo em uma experiência boa para Sam. Ela não tinha muita experiência, mas era médica, conhecia anatomia e sabia o que seria bom.

Ela suspirou e abriu a boca para finalmente sentir o gosto do pênis de Sam.

Ele estremeceu quando Maddie o tomou entre os lábios, com a língua circulando a cabeça antes de mergulhar o membro na boca quente e molhada. A sensação quase o fez gozar antes mesmo que ela mal começasse.

Maddie. Maddie. Tudo o que eu sempre quis foi que me tomasse para a eternidade.

Não havia nenhum fantasma do passado atormentando-o. Ele sabia quem o mantinha hipnotizado, cujos lábios doces e macios estavam em volta do pênis, deixando-o quase louco.

O corpo dele provavelmente deveria estar dolorido, mas a única coisa que sentia era o prazer diferente e erótico da língua de Maddie percorrendo a ponta sensível do pênis, descendo e finalmente chupando-o como se fosse um pirulito.

Minha nossa! Como eu vivi sem isto? Como consegui sobreviver sem ela?

A verdade era que ele mal existira sem ela, vivendo cada dia em modo de sobrevivência, mergulhando no trabalho e adquirindo tanto poder e controle que nunca mais se sentiria vulnerável. Somente com aquela mulher ele ainda era vulnerável. Mas ele se importava? Claro que não. Precisava dela e, quando vira a vida inteira em perigo naquela escada mais cedo, percebera que não conseguiria sobreviver se a perdesse novamente.

Apoiando-se nos cotovelos, ele a observou sob o luar, os cabelos brilhantes iluminados enquanto a cabeça subia e descia sobre ele. O suor escorreu pelo rosto de Sam enquanto ela lambia e chupava, deixando seu corpo inteiro em fogo. Ele estremeceu quando ela aumentou o ritmo, apertando os lábios em volta dele.

Sam se deitou novamente sobre os travesseiros com um gemido, incapaz de se conter. Enterrando os dedos nos cabelos de Maddie, ele guiou-lhe a boca para cima e para baixo, com sensações eróticas invadindo-o. Ele estava perdido, em conflito entre querer puxá-la para cima e enterrar-se dentro dela ou deixar que continuasse enlouquecendo-o com a boca.

Minha.

Nenhuma outra mulher quisera lhe dar prazer daquela forma sem outra motivação que não fosse o amor.

Ela me ama. Meu Deus, eu sou um filho da puta sortudo.

O pênis pulsou e ele gemeu com abandono enquanto os lábios doces o atormentavam, subindo e descendo, até deixá-lo louco de desejo.

Ele estava tão perdido que não sentiu medo algum quando a mão macia acariciou gentilmente os testículos e moveu-se para o ânus, onde ela inseriu devagar um dedo. Ela não foi longe, apenas o suficiente para que perdesse o controle. A carícia gentil da ponta do dedo foi tão erótica que a cabeça de Sam quase explodiu e ele gozou na boca de Maddie.

— Ah, Maddie, caralho — gemeu ele, completamente perdido. Aquela mulher o sugara completamente, causando um orgasmo explosivo.

Ofegante, ele a puxou para cima de si, desesperado para sentir o corpo quente sobre o seu.

— Não, Sam. Não quero machucar você — disse ela, resistindo. Ela se deitou ao lado dele, colocando a mão sobre a testa de Sam, afastando os cabelos da pele suada.

— Então nunca me deixe. Isso me mataria — respondeu ele, tentando acalmar a respiração.

De alguma forma, Sam sentia que cada momento em sua vida levara àquilo, ao fato de que ela finalmente pertencia a ele.

— Devagar. Relaxe. Suas costelas estão machucadas — respondeu Maddie com voz preocupada.

Ela acabara de virar o mundo dele de cabeça para baixo e esperava que relaxasse? — Não houve um momento, desde que nos conhecemos, em que eu não quisesse você, doçura. Nunca. Eu a queria naquela época, mas não achei que fosse bom o suficiente para você.

Ela suspirou de leve. — Eu também amava você naquela época. Exatamente da forma como era, Sam.

O coração de Sam bateu mais forte dentro do peito e ele se perguntou se algum dia se acostumaria a ouvir aquelas palavras. Achava que não. — Diga de novo — pediu ele. — Diga.

— Eu amo você, Sam Hudson. Sempre amei — respondeu ela com um sorriso na voz.

— Vamos nos casar. Logo. — Ele a puxou para mais perto e gemeu com satisfação ao sentir o corpo quente contra o seu. — Não se mexa.

— Acho que você é o homem mais teimoso da face da Terra — disse ela indignada.

— Você me ama. Sabe que ama — retrucou ele.

— Sim, amo — respondeu ela baixinho.

Caralho, a resposta dela é muito melhor que a de Simon.

Sam bocejou e fechou os olhos. Conseguia sentir o ritmo da respiração de Maddie contra o próprio ombro e percebeu que ela estava adormecendo. Ele ficou deitado lá, por um momento, com os olhos fechados, saboreando a sensação de felicidade e paz interior. Em seguida, pegou no sono.

Capítulo 14

Vários dias depois, Sam entrou na casa silenciosa de Maddie, ligando as luzes ao avançar, determinado a voltar para a própria casa antes que ela chegasse do trabalho. Ele faria um jantar especial e finalmente encontrara o anel perfeito para colocar no dedo dela, um diamante em formato de coração rodeado de pedras menores em uma armação de platina. Ele o buscara na joalheria mais cedo e estava ansioso para colocá-lo no dedo de Maddie, marcando-a como sua para sempre.

Olhando em volta da casa aconchegante, ele quase conseguiu sentir o calor da personalidade de Maddie fluindo pela sala de estar e teve certeza de que o cheiro dela estava no ar.

Esta casa exala Maddie.

Ele andou pela casa por alguns momentos, observando as lembranças e souvenirs que ela juntara no decorrer dos anos, coisas que, em breve, encontrariam um lugar na casa dele.

Ela faz com que a minha casa pareça um lar.

Maddie ficara com ele desde o acidente, cuidando de todas as suas necessidades, exceto a mais urgente. Ele a queria tanto, precisava mergulhar nela de forma tão desesperada que estava inquieto e irritado. O corpo já estava curado. Apesar de ainda ter hematomas em alguns lugares, não sentia mais dor alguma. A única coisa que doía era o pênis e Madeline era a única pessoa que conseguiria resolver aquele problema em particular. E ele pretendia curá-lo naquela noite antes que ficasse completamente louco.

Andando até o quarto, ele colocou no bolso a agenda de Maddie e alguns brincos da caixa de joias. Havia vários itens pessoais que ela queria antes que a empresa de mudança chegasse no dia seguinte e ele procurou cada um deles, parando em um pequeno quarto que fora transformado em escritório improvisado e biblioteca. Ele pegou o romance que ela estava lendo e virou-se para sair quando um conjunto grande de livros sem títulos chamou sua atenção. Curioso, ele pegou um deles e olhou para a capa.

Diário de Madeline – 1998

Abrindo o diário, ele observou a letra, sabendo que era de Maddie. Ele não sabia que Maddie mantivera um diário e obviamente fora um hábito que mantivera durante anos. Havia pelo menos trinta diários nas prateleiras. As entradas eram esporádicas. Algumas vezes, ela passava meses sem escrever nada e, em outras, escrevia algo todos os dias. Ele estava prestes a fechar o diário quando uma entrada em particular lhe chamou a atenção.

Perdi a virgindade hoje. Lance e eu estamos namorando há cinco meses e, sinceramente, achei que não deveria negar mais isso a ele. Devia ter negado. Doeu e, apesar de só ter durado alguns minutos, pareceu uma eternidade. Só fiquei deitada lá, rezando para que aquela experiência toda terminasse logo. Lance não me disse que me amava. Nunca disse e não acho que me ame de verdade. Por que estou neste relacionamento? Estou tão desesperada para esquecer Sam, tão incrivelmente solitária a ponto de aceitar algo que não quero? Estou tão confusa. Odeio Sam Hudson, mas, enquanto torcia pelo fim rápido da minha primeira experiência sexual, só conseguia pensar no fato de que devia ter sido ele.

Sam ficou tenso ao ler, contraindo os dedos em volta do diário ao ler a entrada seguinte de duas semanas mais tarde.

Terminei com Lance. Não aguentava mais. Outras mulheres acham que sou louca porque ele é bonito, rico e popular no campus, mas isso não importa para mim. Só o que sei é que não suporto mais o toque dele. Preciso ficar totalmente bêbada para deixar que faça sexo comigo. Não parece certo. Não é certo. Talvez o sexo seja bom para outras mulheres, pois a maioria das minhas colegas fala dele, mas não é para mim. Lance disse que não sou uma mulher sensual e que sou frígida. Talvez ele tenha razão, mas não consigo deixar de pensar que ele não é o cara certo. De qualquer forma, não quero mais saber de sexo. Até que eu encontre um homem que faça eu me sentir como Sam fazia, não farei sexo de novo. O sexo faz com que eu me sinta tão solitária e triste, que é ainda pior do que estar sozinha de verdade.

Sam fechou o diário, sentindo-se incapaz de continuar lendo sobre a dor e a confusão de Maddie. As experiências sexuais dela foram muito similares às dele no passado. Quando fazia sexo com uma mulher, precisava fingir que era Maddie para conseguir chegar ao fim. O ato oferecia alívio físico, mas também o deixava tão vazio por dentro que, às vezes, passava longos períodos sem fazer sexo, pois não suportava estar com uma mulher que não fosse Maddie.

Obviamente, ela nunca tentara novamente, nunca encontrara um homem com quem quisesse estar em todos os anos em que ficaram separados.

Ela se absteve e eu tentei fingir. Nós dois sofremos de formas diferentes.

Sam colocou o diário de volta no lugar na prateleira e pegou o volume anterior, forçando-se a ler as entradas da época em que estava com Maddie. Ele correu a mão frustrado pelos cabelos enquanto lia, com o peito doendo ao ler como ela sofrera com o incidente com Kate. Ele soubera disso, mas ler as palavras o levaram de volta àquela época e àquele lugar, tornando a dor dela muito mais real e, consequentemente, a sua também.

Aquele fora o dia em que a alma dele quase morrera. Sinceramente, ele achara que não tinha mais alma até o dia em que vira Maddie novamente e ela escavara profundamente até levá-lo de volta à vida. As lembranças nunca desapareceram e ele convivera com as ações que tomara desde então. Constantemente ele se torturava com a ideia da dor que causara a Maddie e com a expressão agonizante do rosto dela. A cada dia, ele condenava a si mesmo, imaginando se fizera a coisa certa, odiando-se por ter perdido a confiança dela. O único consolo fora o fato de que ela estava em segurança e não fora atingida, mas era um conforto gelado em comparação à expressão de sofrimento no belo rosto de Maddie, a reviver a experiência dia após dia e odiar a si mesmo por ser o homem que a traíra.

Ao fechar aquele volume, ele sentiu dificuldades para respirar, deixando-se sentir a solidão e a desolação que foram parte dele por tanto tempo. Até que encontrara Maddie novamente. Até que ela o curara e levara-o de volta à vida. A vulnerabilidade que Maddie trouxera à tona podia deixá-lo muito assustado, mas a ideia de ficar sem ela era muito pior do que lutar contra o medo.

Distraidamente, ele pegou o diário mais recente, folheando as páginas até chegar à ultima. Era uma entrada recente, escrita poucos dias antes.

Sam ainda não disse que me ama. Sei que ele deve me amar porque não acho que eu conseguiria me sentir desse jeito se Sam não sentisse a mesma coisa. Ele prova o amor de muitas formas e consigo sentir isso no toque dele. Acho que só queria que ele dissesse isso às vezes. Seria a primeira vez na minha vida que alguém me diria essas palavras. E, mais do que tudo, quero ouvi-las pela primeira vez de Sam.

Sam recolocou o livro na prateleira com mais força do que o necessário. — Caralho! É verdade? Eu nunca disse isso a ela? — Ele cerrou os punhos e franziu as sobrancelhas, pensando furiosamente nas semanas anteriores. Ele lhe dissera como precisava dela... e realmente precisava. Mas amor? Ele realmente não lhe dissera que a amava?

— Imbecil egoísta — resmungou ele, xingando a si mesmo. Ela lhe dissera tantas vezes, algumas vezes quando ele pedira, mas outras em que não pedira. Maddie se abrira completamente para ele, curando-lhe a alma com suas palavras. E ele nunca as dissera para ela.

Ele sentiu o coração pesado, percebendo que ela nunca tivera ninguém que lhe dissera que a amava. Nem uma única vez. Nunca.

Ora, ele ouvia isso até mesmo da mãe e, de vez em quando, do irmão. E agora da mulher que significava mais para ele do que qualquer outra coisa ou outra pessoa no mundo inteiro.

— Eu amo você, Madeline — sussurrou ele para o aposento vazio, torcendo para que ela conseguisse sentir as palavras na distância que os separavam.

Sam pensou em lhe mandar uma mensagem de texto, mas era algo que ela precisava ouvir pessoalmente. Repetidamente. O problema não era que ele não a amava. Talvez fosse porque ele a amava tanto que as palavras pareciam inadequadas.

Havia caixas por toda parte, tudo no lugar para que a empresa de mudança chegasse no dia seguinte para encaixotar e levar as coisas de Maddie para a casa dele. Ele puxou algumas para perto das prateleiras e embalou os diários cuidadosamente dentro delas, fechando-as com uma fita adesiva.

Esses diários são particulares. As emoções escritas de Madeline.

Depois de ter certeza de que as caixas tivessem tanta fita adesiva que seria um milagre abri-las, ele as rotulou com uma caneta como livros pessoais. Não queria que ninguém mais encostasse neles nem os folheasse. Eram crônicas da dor, do sofrimento, das ideias e dos triunfos de Maddie.

Minha. Eu a amo. Ela pertence a mim. Sempre pertenceu e sempre pertencerá.

Ao andar na direção da porta, ele se lembrou da crise de Simon no escritório quando o irmão mais novo finalmente admitira que amava Kara. Sam balançou a cabeça ao trancar a porta da casa de Maddie, finalmente sabendo exatamente como o irmão se sentira. Sam tinha uma fixação irracional por Maddie, uma obsessão possessiva que estava à altura do que Simon sentia por Kara. Ele e Simon eram diferentes, mas, bem no fundo, eram muito parecidos no que dizia respeito à mulher que conseguia virar o mundo de cada um deles de cabeça para baixo.

— Ela me deixa feliz, louco, possessivo, insano, em êxtase, maníaco... todas as emoções ao mesmo tempo — disse ele baixinho em voz perplexa ao entrar no Bugatti. — Como isso pode acontecer?

Estranhamente, isso não o incomodava. Fazia com que se sentisse... vivo.

Olhando rapidamente para o relógio ao voltar à rua, abriu um sorriso largo. Ele tinha tempo para passar na joalheria mais uma vez, pois havia uma coisa mais que precisava fazer antes de ir para casa.

Naquela noite, ele planejava dar a Maddie mais amor do que ela conseguiria aguentar... de várias formas.

— Ele não lhe disse que a ama? Isso não é exatamente uma surpresa. Simon demorou algum tempo. Acho que os homens Hudson acham que somos adivinhas — soou a voz desgostosa de Kara na conexão viva-voz do telefone no SUV novo. — Mas você sabe que ele a ama.

Maddie suspirou ao fazer a curva à direita que a levaria para perto de casa.

Casa. A casa de Sam. Nossa casa. Quando as minhas coisas chegarem amanhã, ficarei permanentemente com Sam.

— Está brincando? O maluco praticamente saltou para a morte para impedir que eu me ferisse. Não duvido disso. Nem por um momento — respondeu Maddie, falando mais alto do que o necessário porque sabia que Kara estava em outro país.

— Fiquei tão feliz ao saber que você concordou em se casar com ele — disse Kara com sinceridade. — Ele ama você, Maddie. Acho que sempre amou.

— Eu sei que sim. — *Só queria que ele dissesse isso. Só uma vez.* — Como está meu futuro afilhado?

— Está ótimo. Nós dois estamos comendo demais — respondeu Kara. A risada dela e o resmungar de Simon soaram no alto-falante do carro. — Simon, eu disse a você que é um menino — soou a voz abafada de Kara ao dizer aquilo para o marido, que provavelmente estava sentado ao seu lado. — Quando você vai se mudar para a casa de Sam? — perguntou Kara, voltando a atenção para Maddie.

— Praticamente já me mudei, mas a data oficial é amanhã. A empresa de mudança está embalando as minhas coisas.

Kara assoviou. — Ele não perdeu tempo, hein?

Maddie revirou os olhos. Sam contratara a empresa de mudança no dia seguinte ao tombo na escada, providenciando tudo com apenas um telefonema. — Não. Mas eu também não reclamei — admitiu ela. Não queria mais ficar longe de Sam. Ficaram separados por tempo suficiente.

— Ainda não consigo acreditar que Max seja seu irmão. Apesar de, agora que sei, perceber que vocês dois têm os mesmos olhos incomuns e há uma grande semelhança — comentou Kara.

— Também ainda acho difícil de acreditar, mas estou feliz. Só queria que ele não fosse tão triste. Deve ter amado muito a esposa — respondeu Maddie.

— Imagino que sim, mas não sei. Ela morreu antes que eu conhecesse Simon — respondeu Kara.

Tentando aliviar o clima da conversa, Maddie perguntou: — E quando vocês voltarão para casa?

— Na próxima quinta-feira. E ainda tenho o fim de semana de folga. Se quiser, podemos ir às compras, já que você não pode mais trabalhar na clínica nos fins de semana — respondeu Kara, dando uma risada.

Maddie sorriu. Sam a queria em casa nos fins de semana e ela concordara. Os dois estariam ocupados de segunda a sexta-feira. Só o fato de estar na clínica todos os dias da semana era o suficiente para deixá-la muito feliz. Haveria um médico disponível nos sábados para atender pacientes que não podiam ir à clínica durante a semana, mas não seria ela. No entanto, poderia avaliar os registros do fim de semana e todos seriam seus pacientes.

Ela acabara de sair do último turno no hospital. A partir da segunda-feira, finalmente voltaria à clínica.

— Até parece que preciso comprar alguma coisa — retrucou Maddie. — Não há uma única coisa que Sam não tenha comprado, incluindo esse carro novinho em folha. Ele precisa parar.

— Ahm... odeio lembrar isso... mas não foi você mesma que me deu uma bronca sobre o fato de que precisava lidar com o fato de que estava me casando com um dos homens mais ricos do mundo?

Acho que você falou até mesmo que eu deveria deixar que gastasse dinheiro comigo porque faz com que ele sinta que está me protegendo — relembrou Kara em tom malicioso.

— Droga. Foi. Eu disse isso — resmungou Maddie. Ela dera aquela bronca em Kara, mas era muito diferente quando era Sam lhe dando coisas.

— Espero que estejamos de volta antes que vocês precisem do jatinho para a sua lua de mel. Com a velocidade com que Sam está se mexendo, talvez vocês estejam casados amanhã de manhã — brincou Kara.

— Ele compraria um novo — respondeu Maddie, caindo na gargalhada. — É bem capaz de conseguir qualquer coisa que quer.

— Aposto como você não reclamaria — disse Kara com uma risada.

Virando na esquina onde ficava a casa de Sam, ela respondeu: — Não. Sinceramente, acho que não. — Era a verdade. Aquilo refletia a intensidade do amor que sentia por Sam. Ela se casaria com ele sem pestanejar.

— Só não se case sem nós — avisou Kara. — Queremos estar presentes.

— Acho que podemos esperar — respondeu Maddie com um sorriso.

— Acho bom. E compraremos vestidos no próximo fim de semana.

— Está bem, está bem. Iremos às compras — respondeu Maddie à amiga ao entrar no longo caminho até a casa de Sam. — Divirta-se e cuide bem do meu afilhado.

— A viagem está maravilhosa — disse Kara com um sorriso. — Mas estou com saudades de casa e de você.

— Também estou com saudades de você — respondeu Maddie.

— Vejo você na quinta.

— Você e Simon conseguirão nos visitar? — perguntou Maddie ao estacionar o carro.

— Está brincando? Iremos para lá assim que chegarmos em casa. Precisamos botar as fofocas em dia. Até mais tarde, amiga.

— Até mais tarde — respondeu Maddie, desligando o telefone e o carro.

O Bugatti de Sam estava no estacionamento, portanto, Maddie soube que ele estava em casa. Seu coração deu um salto de ansiedade, impaciente para ver o rosto bonito dele e aconchegar-se no calor de sua presença.

Ao sair do SUV, ela contemplou como a própria vida mudara tanto em tão pouco tempo. Antes, ela odiava ir para casa, pois a encontraria vazia devido à vida pessoal inexistente. Agora, estava sempre ansiosa para chegar em casa, para ficar com Sam e satisfazer a necessidade de vê-lo e estar com ele.

Não estou mais sozinha.

Maddie sabia que, finalmente, sua vida estava completa.

Subindo os degraus de mármore, ela destrancou e abriu a porta, sentindo-se finalmente em casa.

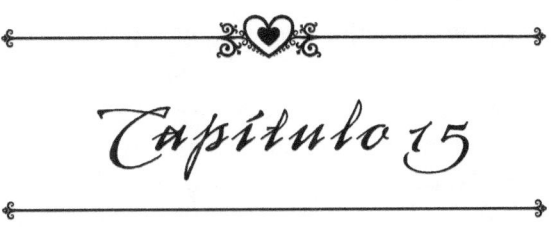

Capítulo 15

Maddie entrou no banho com um suspiro feliz, deixando que os jatos massageassem o corpo inteiro. Ela estava tentada a ficar lá por algum tempo, mas a necessidade de ver Sam era maior do que o prazer de sentir a água quente relaxando o corpo. A tentação de ir primeiro à cozinha fora quase irresistível. Ela sentiu o aroma de algo delicioso e sabia que ele estava lá. Mas não tomara banho no hospital e precisava remover o cheiro e os germes que acumulara durante o longo dia de trabalho antes de encontrá-lo. Portanto, atravessara a casa na ponta dos pés até o banheiro.

Rapidamente ela lavou os cabelos e começara a passar sabonete no corpo quando sentiu a presença inconfundível do corpo de Sam pressionando-lhe as costas. Ele a virou, empurrando-a para que ficasse com as costas contra a parede e colocou os braços musculosos nos dois lados de seu corpo. Ele apoiou as mãos na parede, prendendo-a no lugar.

Olhando para ele, o corpo de Maddie começou a tremer quando viu a expressão feroz. Os olhos dele tinham uma expressão tão intensa que ela quase derreteu a seus pés.

Ele era tão grande, tão bonito e completamente dela.

— Eu amo você, Maddie. Eu amo você tanto que, algumas vezes, é difícil respirar. — A voz rouca estava emocionada. — Eu deveria ter dito essas palavras anos atrás. Não sei por que não fiz isso. Deus sabe que você merece mais, mas tudo o que sou, tudo o que tenho pertence a você. Não sei se isso é bom ou ruim... mas é a verdade. Não existo sem você.

Maddie engoliu em seco, encontrando os olhos dele. Aquele era Sam, nada refinado, o núcleo do homem que ela amava. E ele nunca estivera tão atraente e excitante como naquele momento, expondo-se completamente para ela.

As lágrimas escorreram dos olhos de Maddie, misturando-se com a água do chuveiro. Ela ergueu a mão e acariciou o rosto dele. — Eu também amo você. Sempre amei. Nunca o esqueci e não pense que um dia tenha se passado sem que eu pensasse em você — admitiu ela com sinceridade.

Ouvir Sam dizer que a amava quase a fez desmoronar. Sim, ela sabia que ele a amava. Mas ouvir a declaração primitiva dele deixara seu coração batendo em um ritmo incerto e a respiração difícil.

— Eu amo você, doçura. Eu amo você. Juro que vou compensar todas as vezes que não disse isso dizendo tantas vezes que você ficará cansada — sussurrou ele com voz rouca perto do ouvido dela ao abaixar a cabeça para morder de leve o lóbulo da orelha.

Isso não é possível. Maddie sabia que nunca se cansaria de ouvir Sam dizer o quanto a amava. Ela não se ressentia do fato de nunca ninguém lhe ter dito aquelas palavras antes, pois Sam fora o primeiro a dizê-las. Era algo quase surreal.

A boca de Sam cobriu a dela, roubando-lhe o ar, dominando-lhe os lábios, enfiando a língua entre seus dentes. O efeito de Sam em Maddie era de tirar qualquer pensamento racional que ela pudesse ter.

O vapor subia em volta deles e jatos pulsantes de água caíam sobre o corpo dos dois. Mas Maddie não sentiu nada além de Sam e o ataque dele em seus sentidos. Quando ele a beijou, ela passou os braços em volta do pescoço dele, tentando trazê-lo para mais perto. Cada emoção que ainda escondia foi exposta quando as mãos dele seguraram-lhe a cabeça para um abraço desesperado. Agarrando os cabelos molhados de Sam, ela soltou um soluço estrangulado, vibrando contra a boca dele.

Ele recuou, afastando os lábios dos dela. — Maddie, o que foi? O que eu fiz? — A voz de Sam estava preocupada.

— Nada — disse ela entre soluços. — Só estou muito feliz. Preciso tanto de você.

Colocando um braço ao lado da cabeça de Maddie e levantando seu queixo com a outra mão, o olhar dele encontrou o dela, deixando as emoções expostas.

Desejo.

Necessidade.

Amor.

A expressão dele mostrava aquilo e muito mais.

— Quero que você me ame e precise de mim, doçura. Se isso não acontecesse, não sei o que eu faria. Provavelmente perderia o juízo. Precise de mim, Maddie. Por favor.

As mãos dele se posicionaram entre os dois e seguraram-lhe os seios, pesando-os nas palmas e com os polegares deixando os mamilos rígidos.

Maddie gemeu, sentindo seu sexo enchendo-se de um calor furioso e o desejo de ter Sam dentro de si queimando-a. — Sam. Por favor.

— Eu interrompi seu banho. Agora, vou terminá-lo e depois terminarei com você — disse ele em tom malicioso, enchendo as mãos de sabonete líquido e movendo-as ligeiramente para longe da água para que pudesse passar o líquido escorregadio na pele dela. Os dedos de Sam dançaram e acariciaram, massagearam e provocaram, deslizando sobre os seios e circundando os mamilos até que ela arqueou as costas na direção dele, implorando mais.

Ele a empurrou para que mantivesse as costas contra a parede e ela bateu as mãos nela, tentando permanecer de pé enquanto sentia os dedos escorregadios na parte de dentro das coxas, provocando as dobras saturadas.

— Sim, por favor. — Ela gemeu quando ele correu um dedo pelas dobras, deixando-a louca para senti-lo possuí-la.

— Você é tão gostosa, doçura. Adoro ouvir esses sons que mostram que precisa de mim. Só de mim. Adoro o fato de que consigo fazer você gozar, coisa que nenhum outro homem conseguiu. E ninguém conseguiu, certo? — exigiu ele.

— Não. Nunca. — O corpo de Maddie estava em chamas e a necessidade que sentia de Sam a controlava totalmente. — Foda-me, Sam. Faça-me gozar. Preciso disso. Preciso de você.

Uma mão brincava sobre os seios, passando de um para o outro, torturando-a com prazer erótico. A outra mão acariciava seu sexo, com os dedos lentamente aprofundando-se em suas dobras.

— Toque-me. Por favor — implorou Maddie. Precisava que ele parasse de provocá-la e começasse a acariciá-la mais depressa e com mais força.

— Eu amo você, Maddie. Eu amo você — disse ele ao enfiar os dedos mais fundo. Os dedos médio e indicador se enterraram nela enquanto o polegar massageava o clitóris.

— Sim. Mais. Por favor. — Maddie moveu os quadris, pedindo mais.

Ele moveu os dedos mais depressa e esfregou o polegar com mais força no clitóris. — Goze para mim. Quero ver você sentindo prazer — pediu ele.

Com o corpo inteiro estremecendo, ela explodiu. Os músculos se contraíram em volta dos dedos que a preenchiam.

Maddie estava tão alheia que teve um sobressalto quando Sam a ergueu, apoiando-lhe as nádegas com as mãos, e penetrou-a.

— Ah, caralho. Você vai gozar de novo para mim. Desta vez, no meu pau — disse ele ofegante, com a voz vibrante. — Passe as pernas em volta de mim.

Maddie instintivamente erguera as pernas e colocara os braços em volta do pescoço de Sam quando ele a erguera, mas fechou-as com mais força. Ela adorou a sensação da pele deslizando contra a dele, pois ainda estava ensaboada. — Sam, ah, meu Deus, isso é tão bom.

O pênis a preencheu totalmente e ela estremeceu com a sensação. Rodeados pelo calor e pelo vapor, com os corpos famintos, eles gemeram com desejo erótico e primitivo quando ele começou a se mover.

Ele a possuiu com uma combinação de necessidade primitiva e possessividade que a deixou sem fôlego. Cada investida a marcava e o domínio dele quase a fez desfalecer.

— Diga que precisa de mim. Diga que é minha — disse ele, deixando-a cada vez mais quente com cada investida.

— Eu amo você. Sempre vou precisar de você — concordou ela com um gemido, sentindo o clímax acumulando-se com uma intensidade assustadora.

— Caralho, não há nada melhor do que estar dentro de você. Você é minha, doçura. Sempre será minha — disse ele com ferocidade.

Maddie arquejou enquanto ele entrava e saía dela com um desespero que beirava a loucura, uma paixão carnal que fez com que ela explodisse em um orgasmo que invadiu-lhe o corpo com tanta intensidade que gritou.

Segurando-lhe as nádegas com os braços musculosos, ele continuou o ritmo brutal, deixando que o orgasmo dela massageasse o pênis. Ele agarrou os cabelos molhados de Maddie e devorou seu grito, enfiando a língua em sua boca.

Ele a penetrou profundamente quando o próprio orgasmo explodiu no ventre dela. Sam soltou o próprio grito de prazer contra os lábios de Maddie.

Ofegante, Maddie abaixou as pernas até o chão, mantendo os braços em volta do pescoço de Sam para apoiar o corpo trêmulo.

Eles ficaram naquela posição por algum tempo, incapazes de pensar e de falar, com os corpos ainda conectados.

Finalmente, Maddie sussurrou com voz trêmula: — Isso foi quase assustador.

Sam a abraçou com mais força, abaixou a cabeça e sussurrou de volta em seu ouvido: — Não, meu amor. Isso foi a perfeição absoluta. — A voz dele estava rouca, com um toque de fascinação.

Maddie suspirou, sabendo que não teria conseguido se expressar de forma melhor que aquela.

— Vamos nos casar em breve — disse Sam ao tomar um gole do vinho e lançar um olhar implacável a Maddie.

Maddie se sentia tão feliz que mal conseguia se mover. Acabara de limpar o prato e tomava o vinho à mesa. Sam a alimentara com linguini e um molho Alfredo divino com camarões. O homem realmente sabia cozinhar e havia algo muito excitante sobre um cara que conseguia dominar a cozinha.

Também acho excitante quando ele me domina. Ora. Sam é simplesmente... excitante.

Maddie olhou para ele com uma expressão complacente. — Em breve quando?

— Amanhã — respondeu ele esperançoso. — Podemos voar até Vegas.

— A sua mãe, Max, Kara e Simon nunca nos perdoariam — retrucou Maddie, com o coração batendo mais depressa ao considerar a ideia de pertencer a Sam.

— O que importa aqui somos nós, doçura. Não eles. E esperei tempo demais. Quero que você seja minha praticamente desde a primeira vez em que a vi — respondeu ele. — Eu já disse que amo você?

Sim. Pelo menos uma centena de vezes desde que saímos do chuveiro. Mas não estou contando. E meu coração canta feliz a cada vez.

— Ahm... não sei. Talvez seja melhor dizer de novo — murmurou ela.

— Eu poderia dizer isso de uma centena de maneiras e mostrar de muitas outras formas. Mas quero lhe dar um lembrete constante, caso se esqueça — respondeu ele hesitante, tirando uma caixinha do bolso da calça.

O olhar de Maddie se fixou na caixa por um momento antes que ela despertasse e estendesse a mão. Sam se moveu, ajoelhando-se em frente a ela, tomando a mão estendida e abrindo a caixa. — Eu sempre amei você, Maddie. Por favor, case comigo.

Atordoada, Maddie simplesmente encarou o belo anel repousando sobre o veludo preto, uma joia tão linda e tão perfeita que quase teve medo de tocá-la. Ela nunca tivera nada tão maravilhoso, mas não era o valor dos diamantes, era o valor sentimental. O diamante em formato de coração era exótico, mas ela sabia que ele tinha um significado mais profundo, que Sam tentava expressar com a joia.

— Agora é a hora em que você deveria dizer sim — comentou Sam com voz grave.

— Sim — respondeu ela sem fôlego, erguendo os olhos para o rosto dele com um sorriso trêmulo. Ela não conseguiu evitar as lágrimas que correram-lhe pelo rosto ao olhar para o homem que sempre fora seu destino. Era difícil não acreditar em destino naquele momento. Duas almas que estavam destinadas a ficar juntas de alguma forma tinham se encontrado novamente, apesar de todas as probabilidades estarem contra elas.

Sam tirou o anel da caixa, colocou-a sobre a mesa e entregou o anel a ela. — Mandei gravar uma coisa.

Ela pegou o anel gentilmente, segurando-o de lado para que pudesse ler o que estava escrito.

Primeiro e sempre... Eu amo você

Reprimindo um soluço, ela perguntou: — Como você sabia que era o primeiro a dizer isso?

— Vi seus diários hoje. Li algumas das entradas. Não devia ter feito isso, mas fiz — admitiu ele envergonhado.

Maddie sorriu, incapaz de se conter. Ela adorava a honestidade dele, a forma como fora direto e confessara sem hesitar o que fizera. Não, ele não devia ter lido os diários, mas ela não tinha e nunca teria nada a esconder de Sam. — Eu me esqueci deles. Mantenho aqueles diários há anos. Acho que eu mesma deveria tê-los encaixotado.

— Eu fiz isso. Não queria ninguém conhecendo você daquele jeito, exceto eu — disse ele com ciúmes. Em seguida, pegou a mão dela e colocou o anel em seu dedo. — Agora, diga que vai se casar comigo amanhã — exigiu ele ao se levantar, puxando-a para um abraço apertado.

— Sam, não podemos...

— Ah, sim, podemos. — Ele a pegou nos braços.

Maddie soltou um gritinho e passou os braços sobre os ombros dele. — Sam, o que você...

— Chega de falar. Está na hora de convencer você — resmungou ele.

Maddie reprimiu uma risada, lembrando-se de como pedira a ele para convencê-la em vez de dar ordens.

Relaxando contra o corpo grande, quente e musculoso, ela absorveu a essência do que era Sam.

Por algum motivo, ela tinha a sensação de acabaria casando-se no dia seguinte, se dependesse de Sam. E, ao examinar o olhar determinado dele, percebeu que nunca conseguiria dizer não. E, sinceramente.... não queria. Ela e Sam esperaram tempo demais para ficarem juntos.

Enquanto ele subia a escada, Maddie quase disse sim, mas conteve-se antes que a palavra saísse da boca.

Estou ficando louca? O homem mais gostoso do planeta está me levando para a cama para me convencer a casar com ele amanhã.

Maddie decidiu esperar e deixar que ele a persuadisse de forma sensual. O sim seria dado, mas poderia vir mais tarde... muito mais tarde.

Epílogo

Sam e Maddie se casaram na noite seguinte em uma cerimônia privada. O casamento foi uma união alegre de duas almas que sempre foram destinadas uma à outra. Almas gêmeas que finalmente encontraram a paz de estarem lado a lado, depois de anos de separação, dor e desolação.

Sam não teve problema algum em providenciar um avião para levá-los a Vegas. Ele telefonara para Max e o amigo imediatamente emprestou o dele sem perguntar nada.

Maddie fizera alguns protestos, mas não muitos. Sinceramente, a cerimônia fora um ritual de cura privado, uma experiência que significara muito depois dos anos de dor e separação pelos quais ela e Sam passaram.

Eles dariam uma recepção suntuosa posteriormente, um evento que Kara já estava planejando enquanto Maddie repousava nos braços do marido. A mente e o espírito se regozijavam com a união com Sam.

— Não consigo acreditar que estamos casados — disse ela baixinho com a voz repleta de fascinação.

— Você é minha. Para sempre — respondeu Sam, apertando-a com mais força enquanto estavam deitados na cama enorme da suíte do hotel. Eles voariam de volta para Tampa no dia seguinte. Sam queria levá-la para uma longa lua de mel, mas fariam isso mais tarde, depois da recepção.

Tudo o que eu sempre quis aconteceu. Sam é meu marido.

Aconchegando-se contra o corpo nu quente dele, Maddie suspirou feliz. — Obrigada pela cerimônia adorável. Não sei como conseguiu, mas foi maravilhosa.

Eles se casaram em uma capela privada em um dos mais belos hotéis de Las Vegas. Sam usara um terno e ela encontrara o vestido perfeito esperando-a quando chegara ao vestiário. O homem providenciara cada detalhe, das belas flores à capela adorável iluminada com velas. A experiência inteira fora... mágica.

— Você merecia mais — resmungou ele. — Mas eu não podia esperar mais, doçura. Esperamos tempo demais. Eu precisava que fosse minha. Compensarei na lua de mel.

Maddie sorriu, com a cabeça apoiada no ombro dele. — Achei que tínhamos acabado de ter nossa lua de mel. — Sam fizera amor com ela com intensidade tão feroz que a deixara sem fôlego alguns minutos antes. O coração ainda estava recuperando-se.

— Vamos viajar juntos. Por várias semanas. Logo depois dessa recepção que mamãe e Kara insistem que devemos ter. Quero levá-la a qualquer lugar onde queira ir, Maddie, quero compensar o tempo perdido — disse ele. A mão dele cobriu a dela e os dedos entrelaçados repousaram sobre seu peito.

— Não sei se precisamos compensar alguma coisa, Sam. Talvez tudo tenha acontecido como era preciso. Agora, tudo parece muito certo. Eu nunca tomarei como certo o que temos, pois sei o quanto dói não estar com você. — Maddie suspirou. — Eu me concentrei na faculdade e em ser médica por tantos anos e você estava ocupado tentando conquistar o mundo. Talvez simplesmente não fosse o momento certo para nós naquela época. Eu faria tudo de novo, sofreria da mesma solidão durante anos, só para estar onde estou agora.

— Mas eu magoei você. E odiei a mim mesmo por causa disso desde aquele dia — respondeu Sam triste.

— Você fez o que precisava fazer, Sam. Eu sobrevivi. Você precisa se perdoar pelo que aconteceu. Não havia absolutamente nada que precisasse de perdão da minha parte. Você estava tentando me proteger. Eu teria feito exatamente a mesma coisa se precisasse proteger você, não importa o quanto fosse difícil — admitiu ela.

— Teria, doçura?

— Sim — respondeu ela enfaticamente. — Sem dúvida alguma. Se você tivesse que passar por tudo de novo... faria a mesma coisa?

Sam ficou em silêncio por alguns segundos antes de responder. — Agora? Claro que não. Amarraria você ao meu lado para protegê-la eu mesmo. Mas eu não tinha os recursos nem os contatos que tenho agora. Então, sim... provavelmente faria se estivesse na mesma situação em que estava naquela época. A sua segurança vem em primeiro lugar.

A resposta dele foi tão honesta e sincera que ela ficou com os olhos cheios d'água. Como tivera tanta sorte de ter o amor de um homem como Sam? — Eu amo tanto você que fico assustada — sussurrou ela.

— Não fique assustada. Basta me amar o quanto quiser, com a frequência que quiser. Nunca será suficiente para mim — respondeu ele, puxando-a sobre si ao falar.

— Chega de ressentimentos, Sam. Para nós dois. Esta é a nossa hora. Toda a dor do passado nos conduziu a este momento — disse ela.

— Então tudo valeu a pena porque você me faz tão feliz que eu andaria sobre o fogo para estar ao seu lado — respondeu ele ao acariciar-lhe o traseiro e puxá-la contra o pênis rígido. — Vou fazer você feliz, Maddie. Juro que vou — prometeu ele.

As lágrimas caíram dos olhos dela ao ouvir o voto dito como uma promessa solene. Ele preferiria morrer a quebrá-la. — Ah, Sam... você já me faz feliz.

Uma lágrima solitária caiu suavemente sobre o rosto de Sam. — Não chore, Maddie. Por favor. Nunca mais quero ver você chorar — disse ele com voz desesperada.

— São lágrimas de felicidade — informou ela ao limpar o rosto com a mão.

— Não importa. Não gosto de ver você chorando — retrucou ele, passando a mão carinhosamente pelas costas dela. — Prefiro ouvir você gemendo de prazer.

Maddie sorriu e correu as mãos pelos cabelos dele, suspirando ao sentir a textura sedosa. — Eu até que gosto de fazer isso. — Ela sentiu o sexo quente e molhado ao pensar em ser possuída por ele. Novamente.

Ele rolou, prendendo-a sob o corpo grande e musculoso ao dizer em tom malicioso: — Eu poderia fazer com que emitisse aqueles sons excitados em segundos.

Ela mordeu o lábio inferior para reprimir uma risada, divertida ao notar como ele mudava rapidamente de amante carinhoso a alfa das cavernas. — Acho que você pode tentar — disse ela, provocando-o.

— Eu não tento. Eu faço — rosnou ele. — Você estará implorando daqui a pouco.

Ela sentiu os mamilos ficarem rígidos e o sexo se contrair, excitada pelo tom dominante dele. — Seu neandertal — acusou ela, com o corpo pronto para que ele a fizesse implorar.

— Você me ama. Sabe que ama — respondeu ele confiante, mas com um toque de vulnerabilidade.

— Ah, sim. Certamente amo você — reagiu ela imediatamente.

— Eu também amo você, doçura — disse ele ternamente. Ele segurou os cabelos dela para puxar sua boca para um beijo faminto.

As palavras terminaram quando os corpos se encontraram em uma comunicação primitiva. O amor deles foi consumado da forma mais elementar, feroz e carnal, que as palavras não conseguiam expressar.

Momentos antes de Maddie se perder totalmente na loucura da necessidade feroz de Sam, ela reconheceu que, algumas vezes, o amor realmente valia a dor.

Foi o último pensamento coerente que ela teve antes de se entregar ao único homem que já amara, o homem que esperara muito tempo para ter e segurar, sabendo que Sam valera a pena a espera.

~ *Fim* ~

Biografia

J.S. Scott "Jan" é autora de romances eróticos *best-sellers* do New York Times, do Wall Street Journal e do USA Today. Ela é também leitora ávida de todos os tipos de livros e literatura. Ao escrever sobre o que ama ler, J.S. Scott cria romances contemporâneos quentes e romances paranormais. Eles são geralmente centrados em um macho alfa e têm sempre um final feliz, já que ela simplesmente não consegue escrever de outra forma! Ela mora nas belas Montanhas Rochosas com o marido e os dois pastores alemães mimados.

Acesse:
http://www.authorjsscott.com

Facebook Oficial: http://www.facebook.com/authorjsscott
Facebook Oficial no Brasil: https://www.facebook.com/J.S.ScottBrasil
Instagram: www.instagram.com/j.s.scottbrasil

Você também pode tuitar: @AuthorJSScott

Para receber notícias sobre lançamentos, vendas e sorteios, assine o boletim informativo em http://eepurl.com/KhsSD

Livros em português de J. S. Scott

Série A Obsessão do Bilionário:

A Obsessão do Bilionário: A Coleção Completa (Simon)

O Coração do Bilionário (Sam)

Procure a história de Max,
A Salvação do Bilionário,
em breve.

Série Um romance dos Irmãos Walker:

Liberte-se! (Trace) - em breve